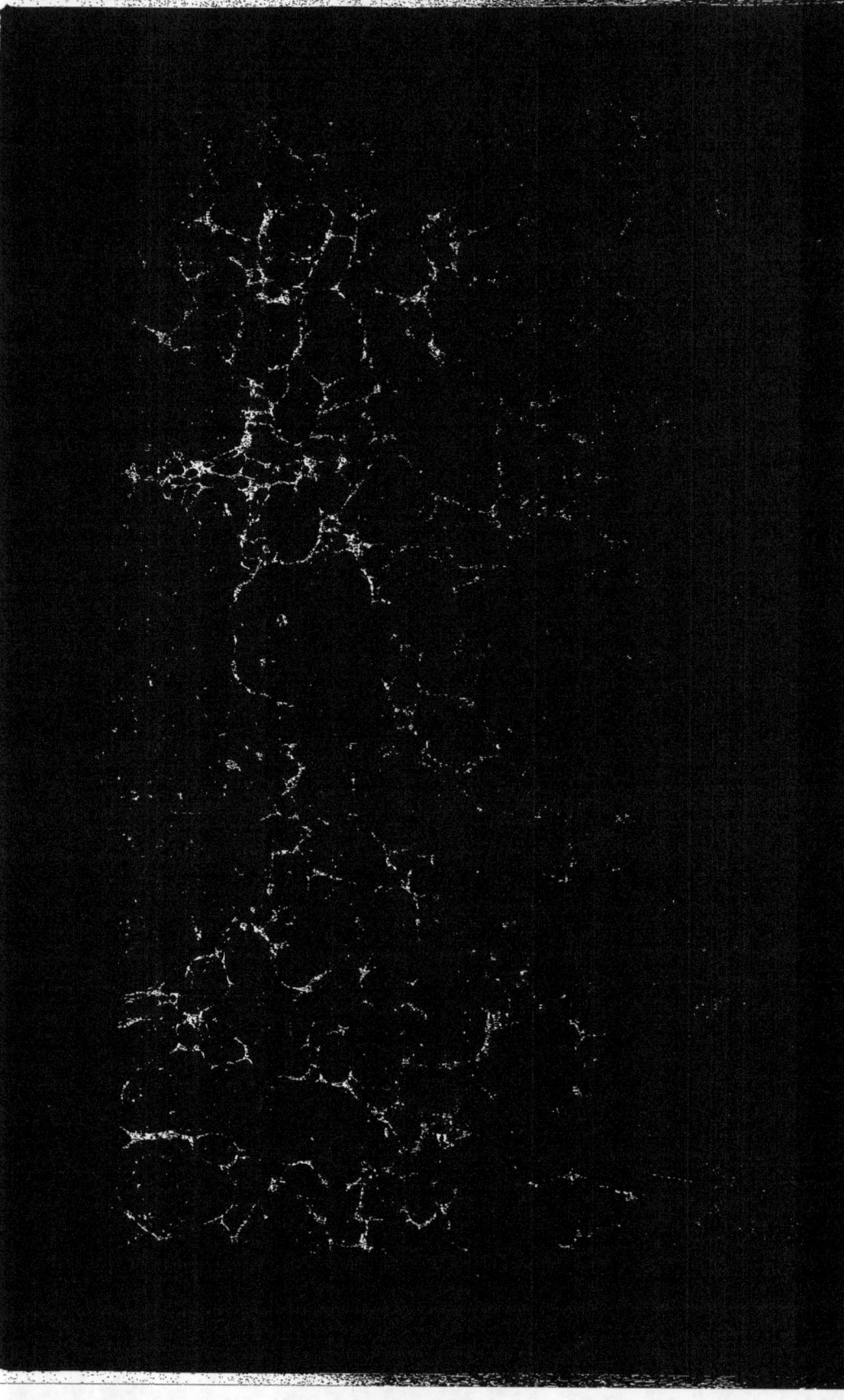

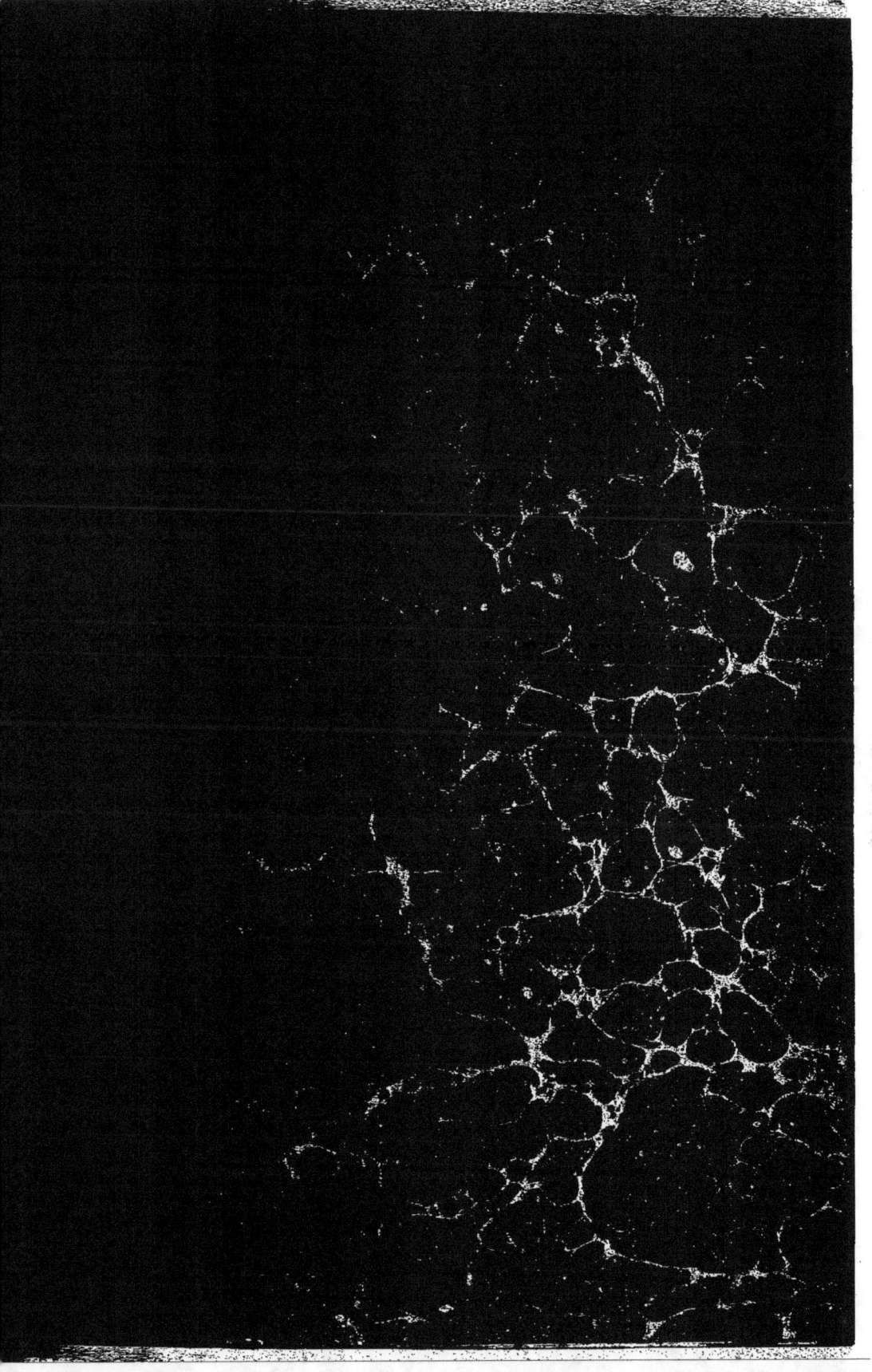

LETTRES

Relatives

AU MUSÉE ROYAL ÉGYPTIEN
DE TURIN.

PREMIÈRE LETTRE.

IMPRIMERIE DE FIRMIN DIDOT,

IMPRIMEUR DU ROI, RUE JACOB, N° 24.

ERRATA.

Page 49, ligne 4, *le Sceptre, symbole;* supprimez la virgule.
      ligne 17, d'*éléphantine*, lisez : d'Éléphantine.
    50, ligne 12, d'*Isis*, lisez : d'Isis.
    51, ligne 3, *communs*, lisez : connus.
    55, ligne 14, *et je ne crains point*, lisez : et je ne crois point.
    63, ligne 15, *il concerne*, lisez : il consacre.

Pl.1.

LETTRES

A

M. LE DUC DE BLACAS D'AULPS,

PREMIER GENTILHOMME DE LA CHAMBRE,

PAIR DE FRANCE, ETC.,

Relatives

AU MUSÉE ROYAL ÉGYPTIEN

DE TURIN;

PAR M. CHAMPOLLION LE JEUNE.

———

PREMIÈRE LETTRE. — MONUMENTS HISTORIQUES.

Paris,

FIRMIN DIDOT PÈRE ET FILS,

RUE JACOB, N° 24.

⊷⊷⊷•⊷⊷

M DCCC XXIV.

LETTRES

A M. LE DUC DE BLACAS D'AULPS,

RELATIVES

AU MUSÉE ROYAL ÉGYPTIEN DE TURIN.

PREMIÈRE LETTRE. — MONUMENTS HISTORIQUES.

MONSIEUR LE DUC,

LA protection éclairée dont le Roi a honoré les
études égyptiennes et mes constants efforts à les
rendre fructueuses pour l'histoire, a imposé de nouveaux devoirs à mon zèle, et l'a soutenu aussi dans
la perquisition persévérante des notions positives
que l'examen des monuments peut encore permettre
de recueillir, afin de recomposer, s'il est possible,
le tableau des hommes, des opinions et des événements contemporains de la primitive civilisation.
Vous avez partagé, Monsieur le Duc, et ces vues
élevées et l'intérêt tout particulier qui s'attache à
de telles recherches. Familiarisé avec les plus belles
productions des arts de la Grèce et de Rome, vous

1

avez accueilli, avec un égal empressement, celles
du peuple illustre qui les devança dans toutes les
épreuves de l'organisation sociale, qui les dota de
sa propre expérience dans toutes les institutions civiles, religieuses et politiques, et qui, s'organisant
comme pour lui seul, laissa néanmoins de grands
exemples à tous les autres. Dans votre riche cabinet, aux monuments de la vieille Italie, du ciseau si
gracieux des Grecs et du goût moins épuré des Romains, se mêlent déja quelques-uns des plus rares
produits de la grave et docte Égypte qui écrivit
partout ses actions et son nom, comme si la posté-
rité eût toujours été présente à sa pensée, et qu'in-
cessamment jalouse de l'éclairer, elle se fût proposé
de lui laisser, sur chacun de ses ouvrages, quel-
qu'utile précepte, et sur chaque pierre une leçon.
Ses vues généreuses s'accomplissent aujourd'hui ;
la France a pénétré la première dans ces vénérables
archives ; elle a triomphé, avec un rare courage,
du temps et de la barbarie qui les avaient enseve-
lies ; elle a reçu, avec une louable prédilection, les
débris variés que d'autres explorateurs n'ont cessé
depuis d'y amasser ; et lorsqu'un destin malencon-
treux ravit à notre capitale une collection qui en
serait l'éternel ornement, vers laquelle l'Europe
savante aurait tourné ses premiers pas dans l'étude
de l'antiquité, je trouve dans vos lumières, dans
votre zèle si actif à solliciter la protection royale

en faveur des lettres et des arts, enfin dans vos honorables recommandations et dans celles d'un ministre qui, sur le sol même de l'Égypte, honora la mémoire des Pharaons par les élans du plus noble enthousiasme et les accents de la plus juste vénération, tous les moyens à-la-fois d'étudier à loisir, et non peut-être sans quelque fruit, cette réunion inappréciable de monuments de tous les arts et de tous les temps de l'antique Égypte.

Cette collection est le fruit des actives explorations de M. Drovetti pendant vingt années consécutives. La munificence de S. M. le Roi de Sardaigne l'a fixée à Turin; mais sa volonté royale en a fait en quelque sorte un dépôt commun à toute l'Europe, et je dois en juger ainsi d'après l'accueil plein de bienveillance que j'ai reçu de S. Exc. M. le comte Roget de Cholex, ministre de l'intérieur, qui a prévenu tous mes desirs par toutes les facilités qu'il a bien voulu m'accorder. Je reçois aussi chaque jour, de S. Exc. M. le comte de Balbe, dont les soins éclairés préparèrent cette brillante acquisition, les plus flatteurs témoignages des mêmes sentiments, et les savants académiciens de Turin secondent dignement les vues généreuses de l'administration, en s'occupant sans relâche de la publication de ce magnifique dépôt historique : il portera désormais le nom de *Musée Royal Egyptien.*

Je vous devais, Monsieur le Duc, le premier

hommage de l'exposé des recherches dont ce musée m'a fourni la précieuse occasion; veuillez me permettre de vous l'offrir dans une suite de Lettres dont le sujet doit embrasser les divers genres de monuments.

Je décrirai dans celle-ci, les plus anciens de ceux qui s'appliquent immédiatement à l'histoire de l'Égypte des Pharaons, de ces antiques dynasties dont l'existence même avait été quelque fois mise en problème. Une suite non interrompue de statues colossales et de stèles funéraires signées du nom de ses princes, va rétablir dans tous ses droits l'une des plus anciennes de ces dynasties et des plus illustres en même temps, celle que Manéthon indique comme la XVIIIe dans son Canon chronologique, monument littéraire désormais acquis à l'histoire, comme ses sources les plus certaines pour les siècles qui précédèrent le grand Sésostris.

L'histoire de l'art en Égypte, était inséparable de celle de ses rois; les mêmes monuments témoignent à la fois pour l'une et pour l'autre : je n'ai pas dû renoncer à l'avantage, qui s'offrait aujourd'hui, de les éclairer toutes deux en même temps, bien certain, Monsieur le Duc, de vous intéresser également en ayant l'honneur de vous entretenir de ce double objet de mes recherches.

L'étude assidue des monuments que renferment les collections publiques ou particulières de Paris, et l'examen de ceux de tout genre qu'on y transporte journellement et en si grand nombre, avaient pu suffire pour me donner une connaissance générale de l'art égyptien ; je croyais même avoir acquis déja la conviction que certaines opinions relatives à cet art si antique, et qui, parmi les savants et les artistes, passent aujourd'hui pour des vérités démontrées, devaient être discutées de nouveau, et modifiées au moins d'une manière notable. Mais c'est seulement dans le Musée Royal de Turin, au milieu de cette masse de débris si variés d'une vieille civilisation, que l'histoire de l'*Art égyptien* m'a semblé rester encore entièrement à faire. Ici tout montre que l'on s'est trop hâté d'en juger les procédés, d'en déterminer les moyens, et surtout d'en assigner les limites.

La théorie créée par Winckelmann, et professée de nos jours d'après l'unique autorité du maître, n'a été fondée que sur la vue d'une très-petite série de monuments réunis par le hasard, sans choix comme sans distinction, dans les musées de l'Italie, monuments dont on s'est empressé de peser le mérite avant d'en connaître ni le sujet, ni l'époque, ni la destination primitive. Quelle idée juste pouvait-on en effet acquérir de la sculpture égyptienne, lorsque les seuls produits qu'on en possédait alors en Europe sortaient, pour la plupart, des catacombes les plus vulgaires, n'étaient, plus souvent encore, que de pures décorations architecturales, ou même n'appartenaient véritablement à l'Égypte que par la matière seule dont ils étaient formés?

L'ensemble des statues égyptiennes provenant de la collection Drovetti, prouve surtout, contre l'opinion générale, que les artistes égyptiens ne furent point tenus d'imiter servilement un petit nombre de types primitifs, en donnant aux personnages qu'ils devaient représenter, soit dieux, soit simples mortels, cette figure de convention et toujours la même, dont il a plu à un examen superficiel de supposer l'existence obligée.

Il est vrai que les poses de ces statues sont peu variées, qu'elles conservent toutes une attitude simple et sévère : cela tenait sans doute, ou à la nature du pays dont le climat ardent fait, du calme et du repos, le premier besoin et l'état habituel des individus, ou mieux encore à la destination même de ces statues qui, presque toutes exécutées pour décorer la façade d'un temple, les péristyles ou les propylées d'un palais, devaient nécessairement, par des poses régulières, se trouver en harmonie avec les masses de l'édifice, sans en troubler les grandes et majestueuses lignes par des mouvements trop prononcés.

Mais si, dégagés de toute prévention trop exclusive en faveur de l'art grec, nous mettons à l'épreuve les préceptes de Winckelmann par un examen impartial des têtes de ces mêmes statues si semblables d'ailleurs par leur pose, nous resterons frappés de l'extrême variété des physionomies, et des différences tranchées qu'elles présentent, soit dans la coupe de l'ensemble, soit surtout dans les formes de détail. On chercherait vainement à retrouver parmi elles ce prétendu type obligé, sur lequel les sculpteurs égyptiens devaient, dit-on, et conformément aux lois, modeler tous leurs ouvrages.

Toutefois, la plupart de ces têtes présentent entre elles, quant à la disposition générale des traits, une certaine analogie, cette sorte d'*air de famille* que l'on verra également empreint dans les ouvrages de tout autre peuple, comparés entre eux. Ce n'est point là non plus l'effet de l'adoption définitive d'un type convenu : cette ressemblance dans l'ensemble des têtes, provient de ce qu'en Égypte comme ailleurs, les artistes s'efforçant d'imiter les formes qu'ils avaient perpétuellement sous les yeux, les têtes de leurs statues durent toutes porter les traits caractéristiques de la race égyptienne; et si l'on ne retrouve point, par exemple, d'analogie marquée entre les têtes égyptiennes et les têtes grecques, c'est que ces deux nations appartenaient à deux races très-distinctes; d'où il résulte en même temps que l'on a dû, s'il est permis de s'exprimer ainsi, porter des arrêts contraires à la raison comme à l'équité, toutes les fois qu'on

a voulu juger l'art égyptien en prenant pour terme
d'appréciation et de parallèle l'art des Grecs, c'est-
à-dire celui d'un peuple totalement étranger à l'É-
gypte, non par la constitution physique seule,
mais surtout par les mœurs, les institutions politiques et les habitudes qui décident toujours ir-
révocablement des progrès, de la direction et du
perfectionnement de l'art. Si l'on s'étonne enfin de
ne point remarquer dans les statues égyptiennes,
ces formes gracieuses ou sublimes que le ciseau
des Grecs sut imprimer au marbre le plus précieux
comme à la matière la plus commune, c'est qu'on
oublie sans cesse que les Égyptiens cherchèrent à
copier la nature telle que leur pays la leur mon-
trait, tandis que les Grecs tendirent et parvinrent
à l'embellir et à la modifier d'après un type idéal
que leur génie sut inventer.

La sculpture égyptienne, en reproduisant l'image
d'un dieu ou d'un monarque, ne dut jamais arriver
à cette élégance et à cette pureté qu'atteignit bientôt la sculpture grecque, parce que les plus beaux
modèles se montraient de toute part à celle-ci,
tandis qu'ils manquèrent toujours à l'autre. Il y a
plus : l'artiste égyptien, trop souvent contraint, par
les institutions nationales, d'unir les têtes de divers
animaux à des corps humains, et de figurer des
êtres sans type réel dans la nature, en sortant ainsi
forcément des limites du vrai, se vit aussi dans la

nécessité de se créer un art en quelque sorte conventionnel dans presque toutes ses parties ; et s'il parvint, ce que prouvent d'ailleurs une foule de monuments, à s'élever jusques au vrai beau, ce ne put être que dans quelques portions de ses ouvrages, considérées isolément. Ainsi, les têtes humaines de la collection Drovetti, sont en général d'une très-bonne exécution, et plusieurs d'entre elles d'un style grandiose, pleines d'expression et de vérité. L'on n'observe enfin dans aucune ce *visage mal contourné*, cette *face presque chinoise* que Winckelmann regardait comme le caractère distinctif des statues véritablement égyptiennes (1). Il reste donc à expliquer comment il put arriver, et le fait est incontestable, que ces belles têtes, dont le travail est si pur et si soigné, se trouvent pour l'ordinaire placées sur des corps d'une exécution en général très-faible et très-négligée.

Cette singularité, si frappante d'abord pour le curieux qui, pour la première fois, parcourt le musée de Turin, ne me paraît qu'une conséquence naturelle du principe fondamental qui présidait à la marche de l'art égyptien. Cet art, comme je l'ai avancé ailleurs (2), semble ne s'être jamais donné

(1) Histoire de l'Art, liv. II, chap. 46.

(2) Précis du système hiéroglyphique, chap. IX, § xi, page 364.

pour but spécial la reproduction durable des belles formes de la nature ; il se consacra à la *notation des idées* plutôt qu'à la représentation des choses. La sculpture et la peinture ne furent jamais en Égypte que de véritables branches de l'*écriture*. L'imitation ne devait être poussée qu'à un certain point seulement ; une statue ne fut en réalité qu'un simple *signe*, un véritable *caractère* d'écriture ; or, lorsque l'artiste avait rendu avec soin et vérité la partie essentielle et déterminative du *signe*, c'est-à-dire la tête de la statue, soit en exprimant avec fidélité les traits du personnage humain dont il s'agissait de rappeler l'idée, soit en imitant d'une manière forte et vraie la tête d'animal qui spécifiait telle ou telle divinité, son but était dès-lors atteint : les bras, le torse et les jambes, regardés comme des parties accessoires, étaient tout-à-fait négligés, parce qu'un fini précieux dans leur exécution n'eût rien ajouté ni à la valeur ni à la clarté réelle du signe. Il n'est point rare cependant, de rencontrer quelques statues égyptiennes d'un travail entièrement soigné et dont toutes les parties sont traitées avec une égale recherche ; j'aurai l'occasion d'en citer plusieurs exemples ; mais il est vrai de dire que la plupart des figures humaines, et d'ancien travail égyptien, offrent toutes cette disparate singulière dont je viens d'essayer de déterminer les causes.

Telles sont, Monsieur le Duc, les réflexions que m'a suggérées un premier examen des statues réunies dans le riche musée de S. M. le roi de Sardaigne, examen qui ne porte d'abord que sur le matériel. Il est facile de pressentir que ces précieux monuments, étudiés avec persévérance et par des yeux plus exercés que les miens, doivent changer presque en totalité la doctrine reçue de nos jours sur l'état de la sculpture dans l'ancienne Égypte, et détruire des systèmes trop prématurément énoncés. Il sortira, je l'espère du moins, de cette masse imposante de statues, de stèles, de bas-reliefs et de tableaux peints, une théorie de l'art égyptien fondée enfin sur des faits bien observés; et l'on appréciera, peut-être, avec un peu plus d'équité qu'on ne l'a fait jusqu'ici, les efforts persévérants d'un peuple qui, jetant les premiers fondements de la civilisation humaine, entra aussi le premier dans la carrière des arts, et construisit de superbes temples à ses dieux, érigea de majestueux colosses à ses rois, dès le temps même que le sol de la Grèce et de l'Italie, où, plusieurs siècles après, le germe des beaux-arts, transporté des bords du Nil, devait se développer avec tant d'éclat, était couvert de forêts vierges encore, et n'était parcouru de loin en loin que par quelques hordes de sauvages.

Ainsi, ces respectables reliques de la plus ancienne nation policée de notre globe, méritent

déja toute l'attention de l'Europe savante sous le
simple rapport de l'art. Mais leur importance s'ac-
croît bien plus encore, si nous parvenons à connaître quel personnage représente chacune de ces
statues , et à fixer d'une manière très - approxi-
mative, les époques où vecurent les individus dont
ces monuments devaient perpétuer la mémoire. Dès
lors les objets d'art égyptiens , marchent de pair,
sous le point de vue très - capital de l'intérêt de
l'histoire, avec les produits du même genre sortis
du ciseau des Grecs et des Romains. J'oserai le dire
aussi : l'étude des statues égyptiennes sera, compa-
rativement, plus fructueuse pour la science , en ce
que, portant presque toutes des inscriptions dé-
taillées et tracées avec le plus grand soin, ces statues ne laissent aucune place aux conjectures dont
on est trop souvent forcé de se contenter dans
l'étude des monuments des autres peuples. Désormais les antiquités égyptiennes ne seront plus re-
cueillies seulement comme de simples objets de
curiosité, ni placées dans nos musées comme des
espèces de jalons destinés uniquement à montrer
l'espace immense que le génie des arts a parcouru
depuis son berceau jusqu'à sa virilité ; ces restes
de l'existence d'un grand peuple prendront enfin
le rang qui leur est dû , et formeront ainsi le
premier anneau de la chaîne des monuments historiques.

Vous apprécierez facilement, Monsieur le Duc, par une notice abrégée des richesses de ce genre que possède le musée de Turin, tout ce qu'on peut en attendre de lumières pour l'éclaircissement de ces vieilles annales égyptiennes que le moderne esprit de système, opérant sur les documents, en apparence contradictoires, fournis par l'antiquité classique, a si étrangement dénaturées et presque totalement exclues du domaine de l'histoire. Les savants attachés à l'expédition française en Orient, ayant constaté l'existence d'un très-grand nombre d'édifices antiques sur les deux rives du Nil, mesuré l'étendue et fait connaître les merveilles de l'ancienne Thèbes, ont déja suspendu l'action destructive de ce scepticisme outré qui, envahissant les études historiques et ne pouvant accorder entre elles les traditions écrites relativement aux Égyptiens, avait déja rangé au nombre des fables la puissance des Pharaons, la splendeur de l'Égypte sous son gouvernement national, et considéré comme des êtres purement mythologiques, ces rois illustres qui remplirent l'ancien monde du bruit de leurs exploits militaires, ou de la gloire bien plus réelle de leurs institutions civiles. L'application des connaissances que nous possédons déja concernant l'écriture hiéroglyphique, faite aux inscriptions du Musée Égyptien de Turin, mettra un terme à ces doutes; et le premier résultat,

celui auquel j'attache le plus de prix, sera de prouver que nous possédons en Europe des monuments
contemporains, des statues et peut-être même
aussi de véritables portraits, de ces souverains dont
on contestait naguères jusqu'à l'existence.

La collection formée par M. Drovetti et acquise
par le gouvernement Sarde, renferme les statues
ou des stèles portant les légendes royales plus ou
moins complètes, d'environ trente rois de race
égyptienne. Ce nombre est, en réalité, beaucoup
plus considérable peut-être; mais comme une portion de ces monuments est encore enfermée dans
ses caisses, et que les objets exposés se trouvent
forcément entremêlés et resserrés dans un très-petit
espace peu favorable à un examen régulier, il a pu
et dû échapper à mon attention quelques légendes
qui eussent accru cette série royale. Quoi qu'il en
soit, ces noms se rapportent, pour la plupart, aux
plus anciennes époques connues des annales égyptiennes; et leur réunion prête un nouveau secours
pour éprouver l'authenticité d'un tableau généalogique, déja célèbre, de plusieurs dynasties, bas-relief du plus haut intérêt pour l'histoire, et qu'un
heureux hasard a fait découvrir parmi les restes d'un
édifice antique de la Thébaïde. Vous reconnaissez
là, Monsieur le Duc, cette réunion de quarante *prénoms royaux*, classés chronologiquement, et sculptés sur la paroi d'un temple au milieu des ruines

d'Abydos, tableau précieux, dont une copie est depuis plusieurs années dans les porte-feuilles de M. W. Bankes, en Angleterre. Je dus le premier avis de son existence, à l'amitié de M. le docteur Young; mais bientôt après je pus l'étudier sur un dessin même, fait aussi sur les lieux, par notre compatriote M. Cailliaud, qui publie où communique si libéralement les riches matériaux fruits de son courageux dévouement pour les sciences.

Déja, dans mon dernier ouvrage (1), j'ai énoncé l'opinion que cet important bas-relief, dans son état premier d'intégrité (quelques parties étant aujourd'hui fracturées), présentait la série successive de plusieurs dynasties égyptiennes antérieures à *Ramsès-le-Grand* (Sésostris), chef de la XIXe. J'ai dit aussi que, à l'exception de ce prince célèbre et d'un autre *Ramsès* mentionné à la fin de la seconde des trois lignes horizontales de cartouches qui forment ce tableau, tous les autres Pharaons ne s'y trouvent désignés, comme sur une foule de monuments de leur règne, que par leur *prénom* seulement: nous devons maintenant nous hâter d'examiner si les nombreuses inscriptions égyptiennes transportées à Turin, s'accordent constamment avec ce bas-relief généalogique.

L'examen des légendes royales inscrites sur les

(1) Précis du systéme Hiéroglyphique, chap. VIII, page 245.

statues et les stèles de cette collection, établit, en
effet, que le tableau d'Abydos est un des principaux
éléments qui nous restent pour la reconstruction
des annales égyptiennes. L'ordre successif de ces
rois étant ainsi bien connu, et, d'un autre côté, les
inscriptions des statues et des stèles nous fournis-
sant presque toujours le *nom propre* de chaque
prince en même temps que son *prénom*, il devien-
dra possible alors, en comparant les faits déduits
d'un tel accord des monuments, avec les extraits
qui nous restent des écrits de Manéthon, d'apprécier à sa juste valeur le mérite et la fidélité de cet
historien, sur lequel la critique a prononcé, de
tout temps, des jugements bien contradictoires : et
si l'exactitude et l'authenticité de son Canon chronologique des rois, reste démontrée par concordance
avec ces monuments, adoptant dès lors avec toute
confiance la durée qu'il donne au règne de chaque
prince, on parviendra à connaître, à peu de chose
près, et les époques auxquelles ont vécu les Pharaons dont le musée de Turin renferme les images, et l'antiquité plus ou moins grande qu'il faut
attribuer à ces objets d'art et à l'art lui-même.

En procédant à cet examen, j'éviterai de m'ap-
pesantir sur les moindres particularités que peu-
vent offrir les statues ou les stèles historiques de
cette immense collection ; j'essaierai toutefois
de vous en donner, Monsieur le Duc, une idée

suffisante, et j'appellerai successivement votre attention sur les principales, en m'occupant d'abord de
celles que je considère comme les plus anciennes.

Je place au premier rang, moins sous le rapport
de l'art qu'à cause de l'antiquité des temps où vé-
curent les individus qu'il représente, un groupe
monolithe en grès blanc, ayant trois pieds environ
de hauteur, et offrant deux personnages assis sur
un trône, ou *thalamus*, dont le dossier, arrondi
par le haut, a deux pieds dans la plus grande largeur. Vers sa partie supérieure et derrière la tête
des deux figures, se trouvent deux de ces encadre-
ments elliptiques connus sous le nom de *cartouches* ou *cartels*, qui renferment toujours les *prénoms* et les *noms propres* des souverains, sur les
monuments égyptiens de toutes les époques. Le
cartouche de droite gravé derrière la tête de
l'homme et que précède le titre *Dieu bienfaisant*,
contient un *prénom* royal qui, dans l'état actuel
de la Table d'Abydos, est le neuvième de la seconde
ligne (voyez Pl. II, n° 1); le cartouche sculpté sur
la partie gauche du trône, derrière la tête de la
femme, et à la suite du titre *royale épouse*, se lit
POOH-MÉS-NANÉ-ATARI, *l'engendrée de* POOH, (le
Dieu *Lune*), *la bienfaisante* ATARI, ou NANÉ-ATARI
si nous regardons le *théorbe*, signe symbolique de
l'idée *bonté* et *bienfaisance* dans les textes hiéroglyphiques, non comme étant ici une qualification,

2

mais comme partie intégrante du nom propre
(Pl. II, n° 2). J'ai d'autant moins balancé à reconnaître ce second *cartouche* pour un *nom propre*,
et nullement pour un *prénom* tel que le premier,
que, jusques ici, aucune des nombreuses légendes
d'épouses de Pharaons, de reines Lagides et d'im-
pératrices, ne m'a présenté de vrai *prénom*. Cette
absence constante semble prouver que les rois
seuls adoptèrent des prénoms distinctifs qui pouvaient toutefois être communs à leurs femmes,
comme le furent ceux des Ptolémées, mais aussi
que ces princesses ne les prenaient jamais lorsque
leurs noms étaient tracés isolément. C'est ainsi que
le nom de la reine *Taïa* (Pl. II, n° 10), femme
d'Aménophis II, sculpté sur le temple de Chnouphis à Éléphantine et gravé sur une foule de scarabées ou d'amulettes, soit seul, soit à côté de celui
du Pharaon son mari, n'est jamais précédé d'aucun
prénom. Il en est de même du nom de la reine
Ari ou Nané-Ari (Pl. III, n° 21), épouse de Ramsès-
le-Grand, si fréquent dans les bas-reliefs du petit
temple d'Ibsamboul en Nubie, monument exécuté
en l'honneur ou par les ordres de cette souveraine;
sa légende ne renferme jamais ainsi qu'un seul cartouche contenant le *nom propre*, et le titre *la
servante de Mout*, ou de *Néith*, titre qui, comme
celui de *engendrée de Pooh* dans le cartouche de
Nané-Atari, précède le *nom propre* de *Nané-Ari*.

Il reste à connaître quel nom porta le Pharaon époux de la reine *Nané-Atari*, et dont le prénom (Pl. II, n° 1 *a*), m'a paru signifier *le dévoué au soleil directeur*; les inscriptions qui couvrent les deux côtés du trône sur lequel est assis le couple royal, ne laissent rien à desirer sous ce rapport. Celle de droite consiste en une prière adressée à *Osiris seigneur de la région d'en bas*, *Dieu très-bienfaisant, régulateur de la vie des hommes*, en faveur d'un certain *Pékitési*, chargé des offrandes d'Ammon, et qui prend la qualité d'homme attaché au culte du ROI AMÉNOFTÈP (Pl. II, n° 1 *b*). L'inscription de la partie gauche du trône, contient une supplication au ROI AMÉNOFTÈP et à la REINE SON ÉPOUSE NANÉ-ATARI, pour qu'ils accordent toute sorte de biens à *Djéranno* ou *Djéran-nou*, femme de *Pékitési*, lequel, dans les inscriptions dédicatoires gravées sur le devant des deux statues, est traité de fils d'une certaine *Koui* (1).

Il est presque évident, par le contenu des deux inscriptions, qu'*Aménoftèp* fut le nom propre du roi dont nous avons trouvé le *prénom* sur la partie postérieure du trône : et si l'absence de ce *prénom* dans les légendes latérales, faisait naître quelques

---

(1) Au-dessous des cartouches royaux sculptés sur le dossier du trône, sont aussi, dans un encadrement particulier, deux prières, l'une à Osiris, l'autre à la déesse Athyr, pour le salut de *Pékitési* et de sa femme *Djéranno*.

2.

doutes sur ce point, ils seraient complètement
levés par plusieurs stèles sculptées ou peintes faisant partie de la collection Drovetti, et offrant
l'image de ce même prince accompagnée de son
prénom (*le Dévoué au soleil directeur*), joint à son
nom propre AMÉNOFTÈP (Pl. II, n° 1 *a* et *b*). Je
citerais encore un fragment de bas-relief d'un travail exquis, ayant fait partie d'une figure de trois
pieds au moins de proportion; ce débris, d'un
fini admirable, n'offre plus que le bas d'un torse
orné d'une très riche ceinture, au milieu de laquelle est un encadrement elliptique renfermant à
la fois le *prénom* et le nom propre de ce roi *Aménoftèp.*

Au moment même où j'écris ces dernières lignes,
on trouve un nouveau monument de ce Pharaon :
c'est une jolie statue en pierre calcaire blanche,
d'environ un pied dix pouces de hauteur et d'une
conservation parfaite. Elle représente le roi assis,
les mains étendues sur les genoux; sa coiffure est
peinte; les plis en sont alternativement bleus et
jaunes, et le corps entier est couvert d'un enduit
blanc qui a conservé toute sa fraîcheur. Sur les
montants antérieurs du trône, en même temps que
sur l'épaisseur de sa base, on lit cette légende
complète trois fois répétée : *le Dieu bienfaisant
maître du monde*, le DÉVOUÉ AU SOLEIL DIRECTEUR,
le fils du soleil, le seigneur des régions, AMÉNOFTÈP

vivificateur. Les hiéroglyphes, tracés en creux, sont remplis de couleur bleue et se détachent sur un fond jaune dans l'intérieur des cartouches noms et prénoms. Quant à l'exécution, cette statue est un des objets les plus remarquables du musée entier ; la tête est si bien traitée et avec tant d'esprit, qu'un pareil morceau suffirait, à lui seul, pour donner une haute idée de l'art égyptien : son expression est douce et gracieuse ; les traits du visage sont rendus avec une vérité naïve, qui est loin de manquer d'une certaine élégance. Mais les autres parties de la statue, sans être tout à fait négligées, sont d'un mérite incomparablement bien inférieur.

Il n'en est point ainsi d'une statue d'environ deux pieds de hauteur y compris la coiffure, en bois très-dur, de couleur foncée, et susceptible de recevoir un beau poli. Celle-ci est encore une image de *Nané-Atari*, debout, coiffée d'un *vautour* dont le col et la tête se dressent sur son front, comme le serpent *Uræus* sur celui des rois. Les ailes de l'oiseau, peintes en vert et en jaune, retombent à côté des oreilles de la reine, et la queue étalée couvre la nuque de la statue. Ce *vautour* que l'on a pris souvent, et à tort, pour une *pintade* ou l'*oiseau de Numidie*, était, chez les Égyptiens, le symbole de la *maternité* (1), et ils le placèrent tou-

(1) Hor. Apollon, liv. I, § 11.

jours sur la tête des reines et sur celle des déesses, parce que les unes et les autres furent regardées comme les mères et les nourrices des peuples. Au dessus du vautour est un modius orné d'*Uræus*, d'où s'élèvent deux longues plumes ou feuilles de palmier. Les chairs de *Nané-Atari* sont peintes *en noir;* un de ses bras est replié sur sa poitrine, et tenait un insigne quelconque; l'autre bras, fracturé maintenant, retombait le long du corps qui est couvert, jusqu'à la cheville, d'une tunique sur laquelle on distingue encore quelques traces de couleur verte. La tête, le torse, les mains et les pieds de cette petite statue, sont taillés avec une franchise admirable et d'un travail également bon et soutenu. Sur la base quarrée dans laquelle la statue est implantée, sont des inscriptions en hiéroglyphes sculptés en creux et remplis d'un mastic jaune. Elles renferment tous les titres honorifiques de la reine : *La divine épouse d'Ammon, la royale épouse, la puissante dominatrice du monde, rectrice de la région supérieure et de la région inférieure de l'Égypte, l'engendrée de Pooh,* NANÉ-ATARI. La qualification mystique de *divine épouse d'Ammon* m'a paru digne d'attention.

Tous les autres monuments royaux que j'aurai encore à décrire dans cette première lettre, se rapportent à des Pharaons que la Table d'Abydos range parmi les *successeurs* et *descendants* de ce même

Aménoftèp époux de la reine *Nané-Atari*. Cette circonstance et plusieurs traits curieux que j'exposerai plus tard, prouvent que ce prince fut un chef de *dynastie;* et la lecture que j'ai donnée ailleurs (1) des *noms propres* dépendants de plusieurs *prénoms* royaux placés à la suite d'*Aménoftèp* sur le bas-relief d'Abydos, ne permettent plus de douter que cette dynastie ne soit la XVIIIe, dite *Diospolitaine*.

Cette famille illustre couvrit l'Égypte de grandes constructions, et presque tous les musées de l'Europe renferment des monuments consacrés à la mémoire de quelques-uns des princes qui la composèrent. Mais la collection royale de Turin en réunit à elle seule plus que toutes les autres ensemble.

Je dois, pour me conformer à l'ordre des temps, parler d'abord d'une statue monolithe de granit noir à grandes taches blanches, et qui, quoique assise, n'a pas moins de 5 pieds 4 pouces de hauteur; elle porte 1 pied 8 pouces d'une épaule à l'autre : aucun musée n'a possédé, jusqu'à présent, un monument de cette antiquité et tout à la fois d'un tel volume et d'une conservation aussi entière. L'*Uræus*, ou serpent royal qui décore la coiffure striée du personnage, indique déja que cette belle statue représente l'un des dieux ou l'un des souverains de l'Égypte; le corps est nu, à l'exception des cuisses couvertes d'un vêtement rayé

(1) Précis du système hiéroglyphique, chap. VIII.

et fixé par une ceinture sur le milieu de laquelle
est, en forme d'agrafe, un *cartouche* horizontal
renfermant quatre signes hiéroglyphiques. Ces caractères sacrés constituent un *prénom* royal (Pl. II,
n° 3 *a*), qui me paraît signifier *le dévoué au grand
soleil de l'univers* : ce prénom est reproduit dans
deux colonnes d'hiéroglyphes gravés à droite et
à gauche sur les tranches supérieures du trône,
inscription qui, à proprement parler, est la légende
explicative de la statue, et fait connaître le rang,
le prénom et le nom-propre du personnage. Elle
est ainsi conçue : *Le Dieu bienfaisant*, LE DÉVOUÉ AU
GRAND SOLEIL DE L'UNIVERS, *le chéri d'Amon-ra vivificateur pour toujours, le fils du soleil, le seigneur
du monde* THÔOUTMÈS, *chéri d'Amon-ra roi des
Dieux.* Nous avons donc ici l'image de l'un des
souverains de l'Égypte appelés *Thôoutmès* ou *Thôt-
mès* (*Enfant de Thoth*), nom que les Grecs ont
connu et diversement écrit ΘΟΥΤΜΩΣΙΣ, ΤΟΥΘΜΩΣΙΣ,
ΤΕΘΜΩΣΙΣ, et même ΘΜΩΣΙΣ.

L'époque à laquelle vécut ce Pharaon, nous est
suffisamment indiquée par la Table d'Abydos, qui
place le cartouche prénom de ce *Thoutmosis*, que
je désignerai désormais sous le nom de Thoutmosis Ier, immédiatement après le prénom du roi
Aménoftèp : d'où il faut conclure que ces deux
princes ont aussi occupé le trône immédiatement
l'un après l'autre. On ne peut non plus, je le ré-

pète, à moins de récuser l'autorité imposante du bas-relief d'Abydos, se refuser à croire qu'*Aménof-tèp* et *Thoutmosis* Ier ne soient deux des premiers rois de la XVIIIe dynastie, famille *Diospolitaine*, dont la domination sur l'Égypte ne put commencer plus tard qu'au XVIIIe siècle avant notre ère.

Aucun des nombreux dessins rapportés par les voyageurs européens, et reproduisant les légendes ou les images des Pharaons sculptés sur les temples et les palais de l'Égypte et de la Nubie, n'a constaté jusqu'ici l'existence d'édifices entiers, ou de portions d'édifices, construits par les deux rois dont nous venons de reconnaître les statues. Un seul obélisque, placé dans la partie la plus ancienne du palais de Karnac à Thèbes, offre le *prénom* de Thoutmosis Ier, mais lié à huit autres prénoms royaux qu'on n'a malheureusement point copiés. Ce même *prénom*, renfermé dans un grand cartouche horizontal avec les titres *Dieu vivant et gracieux, aimé du victorieux Mendès, vivificateur comme le soleil*, occupe le haut d'une petite stèle funéraire acquise de M. Thédenat pour le cabinet du Roi à Paris. L'absence, ou tout au moins l'extrême rareté des noms de ces deux monarques sur les constructions de Thèbes et de Nubie, est un fait d'autant plus remarquable, qu'on y voit de tout côté les légendes royales de la plupart de leurs successeurs. Des temples furent cependant élevés ou décorés sous

le règne de *Thoutmosis* Ier, et le colosse existant à
Turin devait nécessairement être placé jadis devant
un édifice quelconque bâti par les ordres de ce
Pharaon, puisqu'on lit sur la partie antérieure du
trône : *Le Dieu gracieux seigneur du monde*, LE
DÉVOUÉ AU GRAND SOLEIL DE L'UNIVERS, *le chéri
d'Ammon, vivificateur pour toujours, a fait exécuter les travaux, lui, qui est* THOUTMOSIS *semblable au soleil.* Des formules pareilles se trouvent
sur les obélisques, les colosses et les sphinx; elles
rappellent toujours le constructeur de l'édifice,
ou de la portion de l'édifice, devant lequel étaient
primitivement érigés ces monuments de divers
genres.

Une seule stèle peinte du musée de Turin, et
d'un assez bon travail, conserve la mémoire du
successeur de *Thoutmosis* Ier; mais la stèle comme
la Table d'Abydos porte seulement le prénom de
ce prince (Pl. II, n° 4 *a*). J'avais déja remarqué ce
prénom sur un amulette compris, sous les n°s 458
et 459, dans la suite de scarabées lithographiée à
Constantinople par les soins de M. de Palin, ancien
chargé d'affaires de Suède auprès de la Sublime-
Porte. Le revers de cet amulette paraît d'abord
ne porter que le titre *Aimé d'Amon-Ra:* mais une
belle momie du Musée, nouvellement déballée,
nous fait reconnaître, dans ce qui n'était qu'un
titre en apparence, le nom propre même du Pha-

raon dont la Table d'Abydos et la stèle de Turin présentent le prénom.

Cette momie, à deux caisses, est celle de Schéb-amon, membre de la classe sacerdotale, et qui fut spécialement employé au culte des rois et des reines de la XVIIIᵉ dynastie, comme le prouvent les peintures de l'un de ses deux cercueils. Un des tableaux représente Schébamon offrant l'encens au roi *Aménoftèp* et à la reine sa femme, *Nané-Atari*, chefs de la XVIIIᵉ dynastie; et leurs cartouches sont suivis de celui du père et prédécesseur d'*Aménoftèp*, de ce roi que Manéthon nomme *Misphrathoutmosis*, et qui commença heureusement l'expulsion des pasteurs, accomplie par cet Aménoftèp son fils, chef de la XVIIIᵉ dynastie que Misphrathoutmosis précéda sur le trône. Dans la Table d'Abydos, en effet, ce même cartouche prénom (Pl. II, nᵒ A) précède immédiatement celui d'Aménoftèp dans l'ordre de succession.

Un autre des tableaux peints sur le même cercueil, avec une finesse et une élégance remarquables, représente encore Schébamon adressant des prières à une reine que son cartouche nom propre terminé par le signe du féminin (Pl. II, nᵒ 5), nous fait connaître pour celui de la reine AMENSÈ, petite-fille du roi *Aménoftèp*, et que Manéthon a inscrite la quatrième dans sa liste de la XVIIIᵉ dynastie, pour un règne de vingt-un ans

et neuf mois. Le nom de la reine est immédiatement suivi de celui de son frère qui fut son prédécesseur, et que Manéthon nomme *Aménophis*;
mais son cartouche (Pl. II, n° 4 *b*) se lit AMMON-
MAI, AMMON-MÉ, ou AMONRA-MAI. La momie de
Schébamon, la Table d'Abydos, et la stèle peinte
de Turin, nous donnent donc ainsi le prénom
royal et le nom propre du roi AMMON-MAI, l'Aménophis Ier de Manéthon, et le nom propre de la
reine AMENSÈ qui lui succéda, l'un et l'autre enfants
et successeurs de Thoutmosis Ier, selon la même
Table d'Abydos et la liste royale de Manéthon.

Un autre Pharaon est représenté par une grande
statue de granit noir à taches blanches, dans une
pose semblable à celle de *Thoutmosis* Ier, mais d'une
proportion un peu plus forte. Sa hauteur est de
cinq pieds et demi ; la largeur d'une épaule à l'autre
est d'environ deux pieds. Quoiqu'elle soit brisée
en plusieurs pièces, les légendes hiéroglyphiques
sculptées sur les parties antérieures du trône, n'ont
éprouvé aucune altération notable, et il sera aisé de
rapprocher les diverses portions de ce magnifique
monument. La tête, les bras, le torse et les cuisses
sont encore entiers et n'ont souffert aucune fracture.

J'ai admiré la beauté d'exécution de cette tête,
sur laquelle on ne remarque aucun des grossiers
caractères de la race nègre, dite aussi éthiopienne,
qu'on a cherché à reconnaître dans tous les ou-

vrages égyptiens du premier style. L'angle facial
de cette statue est, à très-peu de chose près, celui
des belles statues grecques : le nez est long, fin et
légèrement arqué; les narines peu ouvertes, les
lèvres un peu fortes, mais parfaitement découpées.
Le menton est petit et bien arrondi; les yeux m'ont
paru grands, très-ouverts et saillants; les pommettes
peu proéminentes, et les sourcils fortement indiqués;
mais les oreilles, d'une belle forme, sont, comme
dans toutes les têtes de véritable travail égyptien,
remontées au point que la ligne de l'œil passe vers
le milieu de leur conque.

L'excellent travail de la tête de cette statue, eût
suffi naguère pour la faire ranger parmi les ouvrages appartenant à ce qu'on nommait le second
style égyptien, c'est-à-dire qu'on l'aurait assignée
au temps des rois grecs d'Égypte, ou des empereurs romains, sous la domination desquels on
croyait que l'art égyptien, sortant de sa vieille en-
fance, avait fait certains progrès en cherchant à
se rapprocher des chefs-d'œuvre de l'école grecque.
Mais des faits du premier ordre prouvent invinci-
blement contre ce système : l'ensemble des temples
de *Philæ*, d'*Ombos*, d'*Edfou*, d'*Esné* et de *Dendéra*, que les résultats concordants des recherches
de M. Letronne et des miennes, ont prouvé avoir
été construits par les Égyptiens sous les Lagides
et les Césars, montrent, de l'avis même de deux

habiles architectes, MM. Huyot et Gau qui en ont
examiné et étudié toutes les parties, que, pendant
la durée de ces gouvernements étrangers, l'art égyptien était au contraire considérablement déchu, et
que sous le rapport de la pureté des formes et de
la beauté d'exécution soit des masses architecturales,
soit des sculptures de détail, les édifices précités
ne pouvaient soutenir le parallèle avec les palais
de *Karnac*, de *Louqsor*, de *Kourna*, les restes du
Memnonium, *Médinetabou* et les temples d'*Ibsamboul*, monuments des anciens Pharaons, et pour
la plupart antérieurs de quinze siècles aux constructions Égyptio-grecques et Égyptio-romaines.

Mais les inscriptions gravées sur la statue même
du Musée de Turin, indiquent assez l'époque reculée à laquelle nous devons l'attribuer. On remarque sur l'agrafe de la ceinture un cartouche-pré-
nom (Pl. II, n° 6 *a*), dont le premier signe, commun
à tous les prénoms de rois de race égyptienne, est
le caractère figuratif *Soleil*, suivi d'un *parallélogramme dentelé* (1) et d'un *scarabée* symbole du
monde. C'est là le prénom du troisième successeur
de Thoutmosis 1er, et le quatrième *Roi* après Aménoftèp selon la Table généalogique d'Abydos. Cette
statue représente donc encore un des Pharaons de

(1) Le sens de ce signe, qui est ici l'abréviation d'un groupe
phonétique, est encore inconnu.

cette grande dynastie diospolitaine qui, pendant
les XVIIIe, XVIIe et XVIe siècles avant notre ère,
gouverna l'Égypte avec gloire et compta tant de
grands princes, parmi lesquels celui dont il s'agit
ici occupa un rang distingué. La légende inscrite
sur le devant du trône de sa statue, nous fournit le
nom propre de ce monarque; elle porte en effet:
Le Roi du peuple obéissant, Soleil..... du monde,
*l'approuvé par Phré, le chéri d'Amon-ra seigneur
des trois zónes de l'univers, le fils du soleil* Thôoutmès (Pl. II, n° 6 *b*), *chéri de.....* (1), *vivificateur
pour toujours.*

Les légendes de ce souverain, que nous appelle-
rons *Thoutmosis II* pour le distinguer de son an-
cêtre Thoutmosis Ier, sont très-multipliées parmi
les sculptures des grands monumens de l'Égypte.
M. Huyot l'a reconnue sur les magnifiques pilastres
de granit et sur l'une des portes du palais de Karnac
à Thèbes. La Commission d'Égypte l'a retrouvée
dans les beaux appartemens de granit du même
palais, et M. Gau, sur une partie de l'édifice dési-
gné sous le nom de *tombeau d'Osimandyas* : elle
se lit encore dans les bas-reliefs d'un des temples de
la Nubie, existant au lieu nommé *Éguisse* par
M. Huyot. C'est enfin ce même Pharaon qui a fait
exécuter le plus colossal des obélisques transportés

(1) Ici est une lacune de quatre ou cinq signes.

d'Égypte à Rome, celui de Saint-Jean de Latran.
Les colonnes médiales des quatre faces de ce monolithe contiennent, en effet, le *prénom* et le *nom
propre* de Thoutmosis II. Malgré le peu de soin avec
lequel a été gravée l'image de ce superbe obélisque,
donnée par Kircher (1), je reconnais d'abord très-
distinctement, dans les différentes colonnes médiales d'hiéroglyphes, les titres : *Puissant Aroéris
aimé du soleil, dominateur de la région supérieure
et de la région inférieure* (2), *roi du peuple obéissant,* LE SOLEIL........ DE L'UNIVERS, *enfant d'Ammon
qui le protège, engendré dans la région céleste d'A-
merlou* (3), *roi comme le soleil dans le ciel* (4),
seigneur des panégyries, etc., qualifications fas-
tueuses dont ce souverain se pare conformément
au protocole égyptien de toutes les époques. Je
retrouve aussi, dans la colonne du milieu de la
face dite méridionale, la phrase suivante relative
à l'érection même de l'obélisque et de l'édifice devant lequel il fut placé par le Pharaon Thoutmosis II : *Le roi du peuple obéissant,* LE SOLEIL.... DE
L'UNIVERS, *approuvé par Phrè, le fils du soleil,*
THÔOUTMÈS, *bienfaiteur du monde, a fait exécuter*

(1) *OEdipus Ægyptiacus,* tom. III, fol. 161.
(2) *Idem,* face boréale, col. méd. entre les points marqués
D et F, sur la planche de Kircher.
(3) *Idem, Idem,* du point H au point M.
(4) *Idem,* face méridionale du point Y à Z.

les travaux en l'honneur de lui Amon-ra seigneur des trois zônes de l'univers, et a érigé l'obélisque devant le temple (1).

Vous avez pu, Monsieur le Duc, pendant votre séjour à Rome, admirer, comme Zoëga et comme Winckelmann lui-même (2), la pureté, la précision et la franchise avec lesquelles sont sculptées les innombrables figures hiéroglyphiques qui couvrent les plus anciens obélisques dont les Césars dépouillèrent les temples de l'Égypte pour décorer la Ville Éternelle. Celui de St. Jean-de-Latran se distingue entre tous, non-seulement par l'énormité de sa masse, mais encore par la perfection du travail; et, quelque reculée que puisse nous paraître l'époque à laquelle vécut Thoutmosis II qui ordonna l'érection de cet obélisque, il n'en reste pas moins prouvé, par l'existence même de ce monolithe, que, sous le règne de ce Pharaon, les arts avaient déja fait en Égypte de très-grands progrès; rien ne s'oppose donc à ce que la belle statue colossale du musée de Turin, représentant Thoutmosis II, ait été exécutée du vivant même de ce puissant monarque, ou tout au moins par les ordres de quelque roi de sa famille.

(1) *Idem*, *Idem*, partie de la colonne médiale comprise entre les lettres A et G.

(2) Histoire de l'Art, liv. II, chap. 2.

3

Je suis d'autant plus porté à regarder la statue comme contemporaine du prince lui-même, que rien encore, dans les légendes hiéroglyphiques dont elle est accompagnée, ne peut faire soupçonner une dédicace postérieure, et que je puis citer une seconde image de ce Pharaon, aussi remarquable au moins que celle qui existe à Turin, par la beauté et la recherche du travail et de la matière : c'est un bloc de granit rose, de 6 pieds de hauteur, qui se trouve encore sur le sol de Thèbes, dans les ruines dépendantes du palais de Karnac. La Commission d'Égypte a donné une belle gravure (1) de cette masse, dont il est d'ailleurs très-difficile d'assigner la destination primitive. Six figures de bout, de 4 pieds de proportion, sculptées de plein relief, représentent, comme l'indiquent les légendes hiéroglyphiques de celles qui sont en vue, les dieux *Amon-ra* et *Mandou-ri* (2), la déesse *Néith* et le roi *Thoutmosis II*, occupant, en se tenant par la main, tout le pourtour de cette espèce de piédestal : le Pharaon est reconnaissable à son *prénom* parfaitement conservé, et il prend les titres ordinaires de *Dieu Bienfaisant*, *aimé d'Amon-ra*. Ni cette association de *Thoutmosis II* avec des divinités, ni le titre de *Dieu* qu'on lui

(1) Description de l'Égypte, A., vol. III, pl. 31, n° 1 et 2.
(2) Le dieu *Mandoulis* des Inscriptions grecques de Dakké.

donne et sur le monument de Thèbes et sur la statue de Turin, ne nous autorisent à croire que ce Pharaon eût cessé de vivre lorsqu'on grava ces légendes. Le titre *Dieu*, prodigué aux rois dans les inscriptions égyptiennes, n'a rien de commun avec celui de *Divus* accordé aux empereurs romains seulement après leur mort. Ne voyons-nous point en effet, dans l'inscription de Rosette, donner au roi régnant Ptolémée Épiphane, la qualification de *Dieu*, celle même de *Dieu fils d'un Dieu et d'une Déesse?* N'est-il point ordonné aussi que son image, placée dans tous les temples de l'Égypte, sera mise à côté de celle de chaque divinité principale? Il en fut de même pour Thoutmosis II.

Je ne m'arrêterai point, Monsieur le Duc, à décrire le nombre immense d'amulettes, de scarabées, de stèles, de figurines, de statuettes et de bas-reliefs portant la légende royale de ce même Pharaon : il me suffira de dire que beaucoup de ces objets sont d'un excellent travail, et que cette perfection, comme leur extrême abondance, prouve à la fois et le point avancé où l'art était porté de son temps, et la vénération que l'Égypte entière professa pour la personne et pour la mémoire de ce monarque, dont elle grava le nom sur une si grande variété de monuments. J'ajouterai toutefois que plusieurs faits, mais ce n'est point ici le lieu de les développer, me persuadent que ce *Thout-*

3.

mosis II, cinquième roi de la XVIIIe dynastie (*Amen-sè* étant le quatrième), est identique avec le cé-lèbre monarque égyptien appelé *Mœris* par Héro-dote, et *Myris* par Diodore de Sicile : je me réserve de revenir sur ce point historique à la fin de cette première Lettre.

On peut regarder comme un fait certain que l'art ne déchut point en Égypte sous le règne du successeur de *Thoutmosis II*; plusieurs parties im-portantes du palais de Karnac, un temple dans le fond de la Nubie, construits par ce Pharaon, et une grande statue du musée de Turin, le démon-trent suffisamment.

Ce colosse, formé d'un seul bloc de granit rose ou syénite, porte sur sa ceinture le *prénom* royal (Pl. II, n° 7 *a.*), qui suit sans intervalle celui de Thoutmosis II dans la table historique d'Abydos. Le roi, quoique représenté à genoux et accroupi sur ses talons, n'a pas moins de 5 pieds de hau-teur sur 2 de largeur aux épaules. Les bras étendus s'appuient sur les cuisses, et les mains tiennent deux de ces vases de forme arrondie, *ampullæ*, que portent si souvent, dans les bas-reliefs, les personnages faisant des offrandes, et qu'on trouve même isolément, soit en albâtre, soit en serpen-tine, en verre ou en terre émaillée, dans les cata-combes égyptiennes. Les couleurs données, sur les sculptures peintes, à ces mêmes vases dont le rebord et la partie supérieure sont *bleus* et la moitié inférieure *rouge*, semblent assez indiquer que l'offrande consiste en *vins* plus ou moins précieux, quand même on ne trouverait point, ce que j'ai constamment observé dans les légendes inscrites à côté des personnages présentant aux Dieux de pareils vases, un groupe hiéroglyphique composé de la *feuille*, de la *bouche* et du *parallélogramme strié*, signes phonétiques formant le mot égyptien HPII, ÈRP *vin* qu'accompagne toujours, comme signe déterminatif, l'image *des deux vases* qui le contiennent.

Les représentations de rois égyptiens dans une posture semblable à celle de la statue de Turin, sont assez communes; on en connait même déja en bronze et de très-petites proportions. Je ne doute point, au reste, que la statue colossale dont je viens de donner une idée, comme toutes celles d'un moindre volume figurant soit des rois, soit des simples particuliers dans l'acte d'offrir le vin, ne fussent primitivement placées ou dans les temples en face de l'emblème du dieu principal, ou devant ces chapelles renfermant des images des divinités et qu'il était permis aux simples particuliers d'établir dans leurs maisons (1).

(1) Inscription de Rosette, texte grec, lig. 52; texte hiéroglyphique, lig. 13.

La tête de cette grande statue de granit rose est, malgré l'excessive dureté de la matière, d'un travail qui ne manque ni de mollesse ni de grâce. Le front est orné de l'*Uræus* formant d'abord plusieurs enroulements, et la queue du reptile finit par se confondre avec les plis symétriques de la coëffure. Le socle de ce colosse ne porte aucune inscription, et le massif qui en soutenait la partie postérieure a entièrement disparu. Le *prénom* seul de ce roi (Pl. II, n° 7 *a*), est gravé, comme je l'ai déjà dit, sur l'agrafe de la ceinture, et son *nom propre* nous est heureusement connu par les légendes hiéroglyphiques qui couvrent les édifices construits sous son règne soit en Égypte soit en Nubie. Ce pharaon s'appelait *Aménof* (Pl. II, n° 7 *b*), nom porté par plusieurs rois et transcrit très-exactement dans les écrits des grecs sous la forme d'*Aménophis*, Ἀμένωφις. Les frises et les bas-reliefs de la plus ancienne partie du temple d'*Amada* ou *Amadon*, au delà de la première cataracte, montrent ce même nom propre hiéroglyphique joint au prénom gravé sur la ceinture de notre statue. On retrouve aussi l'un et l'autre sur le troisième propylée du palais de Karnac à Thèbes, et sur les énormes colosses qui précèdent ce propylée. Ces grands ouvrages du pharaon *Aménophis I*er, ne paraissent point, à en juger d'après les dessins de la Commission d'Égypte et ceux de M. Huyot, d'un style inférieur à celui de la statue du même roi que j'ai sous les yeux. Ces nouveaux rapprochements concourent donc à prouver de plus en plus l'antiquité reculée à laquelle remonte l'avancement de l'art en Egypte.

Deux stèles d'un très bon travail, sculptées et peintes, sont les seuls objets du musée de Turin qui se rapportent au successeur de ce pharaon : le *prénom* (Pl. II, n° 8 *a*) que portent ces stèles, suit immédiatement celui d'Aménophis Ier sur la Table d'Abydos. C'est le troisième des princes de la XVIIIe dynastie nommés *Thoutmosis* sur les monuments; et nous voyons en effet, par les fragments qui restent encore des écrits de Manéthon, que ce nom appartint exclusivement aux souverains de cette illustre famille Thébaine. C'est encore sur le temple d'*Amada*, en Nubie, et à la suite des constructions exécutées sous Aménophis Ier, son père et son prédécesseur, que se lisent les légendes complètes de ce *Thoutmosis* III (Pl. II, n° 8 *a* et *b*); je la retrouve aussi dans les colonnes latérales de l'obélisque de saint Jean de Latran, où l'on mentionne des travaux ajoutés à l'un des temples d'*Amon-ra* à Thèbes, édifice fondé, peut-être, par Thoutmosis II, grand-père de Thoutmosis III, et dans lequel ce grand prince avait, comme je l'ai déjà dit, primitivement érigé l'obélisque.

Des monuments d'une autre importance que des stèles, rappellent, dans la collection de S. M. le roi

de Sardaigne, le souvenir de l'un des plus illustres
souverains de la grande dynastie Thébaine, du fils
et successeur de Thoutmosis III (1), de cet *Aménophis II*, connu des Grecs sous le nom de *Memnon*,
qui étendit sa domination de la Méditerranée jusques au cœur de l'Ethiopie (2), et dont le colosse
rendant des sons harmonieux, attira si long-temps
à Thèbes la crédule curiosité des Grecs et des Romains. Je citerai en première ligne une statue de
ce pharaon, monolithe de basalte verd foncé et
presque noir, ayant 4 pieds 5 pouces de hauteur.
La face seule a souffert : elle a été évidemment
martelée de propos délibéré, ce qui n'empêche
point de reconnaître encore la finesse des traits et
la beauté du travail. Le roi est debout, et marche
la jambe gauche en avant, les bras allongés et les
mains appuyées sur les parties externes des cuisses.
Quoique cette pose entraîne avec elle une certaine
roideur, j'ai admiré le mouvement vif et dégagé
que le sculpteur a su donner à sa statue. La tête
d'Aménophis II ne porte aucun ornement royal.
Sa chevelure est divisée en une infinité de petits
flocons tressés, genre de coiffure encore en usage
parmi les barabras de Nubie. Une peau de panthère,
dont les taches sont remplacées par autant d'étoiles

(1) Ce fait est établi par les textes de Manéthon, la Table
d'Abydos, etc. Voir le Précis du système hiéroglyp., ch. VIII.
(2) *Idem*, page 239.

égyptiennes à cinq rayons sculptées en relief, couvre
la partie supérieure du corps, à l'exception de l'é-
paule gauche, du bras et d'une portion de la poitrine:
la tête de l'animal tombe vers le milieu de la ceinture; une des pattes, encore armée de ses griffes,
pend sur la cuisse gauche. Une tunique légère et
unie couvre les parties extérieures du corps et descend seulement jusqu'à mi-jambe; elle est fixée sur
les hanches par une ceinture à laquelle est attaché
un ornement particulier aux rois, et qui est formé
ici de divers chaînons soutenant un cartouche horizontal dans lequel est inscrit le nom propre d'*Aménophis* (Pl. II, n° 9 *b*). Ce cartel est uni par trois
longues tiges prenant à chacune de leurs extrémités
la forme d'une fleur de lotus, à une plaque carrée
portant le *prénom* royal de ce prince (Pl. II, n° 9 *a*).
Ce *prénom* est encore sculpté sur la peau de panthère, vers le sein droit, comme le *nom-propre* est
aussi reproduit de nouveau sur l'omoplate opposée.
Enfin deux légendes hiéroglyphiques, l'une sur le
devant de la tunique, l'autre sur l'espèce de pilier
quadrangulaire qui sert d'appui à la statue, contiennent la dédicace qui en a été faite par un certain
Amon-rasès.

L'exécution de ce curieux monument ne le cède
en rien, sous le rapport de l'art, aux belles sculptures qui décorent les plus anciennes constructions
du palais de Louqsor à Thèbes, les salles du temple

de Chnouphis à Éléphantine, dont l'ensemble est si élégant et si pur, les grands débris du Memnonium, et les colonades du Palais de Solèb, édifices qui, tous, ont été fondés ou ornés de bas-reliefs sous le long règne d'Aménophis II, comme le prouvent sans réplique leurs inscriptions en caracteres sacrés.

Toutefois, si la présence, sur cette statue, d'une dédicace faite par un simple particulier, pouvait conduire à penser que ce monument ne remonte pas au temps même du prince qu'il représente, l'état prospère de l'art à cette même époque resterait toujours constaté par les grandes constructions de l'Egypte, et par une superbe statue de basalte vert très-foncé, existant encore dans le Musée de Turin. C'est une image du Dieu *Phtha*, l'organisateur du monde matériel, l'une des principales divinités selon la croyance égyptienne, et dont les Grecs ont singulièrement rapetissé le rôle mythique dans le personnage de leur Héphaistos, le Vulcain des Romains. Ce fils d'Amon-ra est debout, et a huit pieds de hauteur totale. La tête, enveloppée de la coiffure ordinaire du dieu, sorte de calotte étroite qui se modèle exactement sur tous les contours du crâne, se fait remarquer par la beauté de son exécution, quoique empreinte de cette physionomie véritablement *africaine*, que les artistes égyptiens donnèrent toujours à *Phtha*, mais à ce *dieu seul* parmi les innombrables personnages symboliques dont ils sculptaient habituellement les images. Les mains de la statue tenant les insignes caractéristiques de l'ordonnateur de l'univers physique, le *Nilomètre* (1) combiné avec le *sceptre à tête de coucoupha* et la *croix ansée*, sont d'un très-bon style. Le reste du corps est ceint, comme toutes les autres figures de Phtha soit peintes soit en relief, d'une tunique étroite qui l'enveloppe jusque sous la plante des pieds. Le socle faisant partie du même bloc que la statue entière, porte la dédicace du monument faite par le roi Aménophis II qu'on y qualifie de *dieu vivant et gracieux*, *chéri de Phtha dominateur du monde*, *dieu puissant*, *seigneur des panégyries*.

Une pareille dédicace reparaît sur une seconde statue de Phtha, qui fait partie de la même collection. Celle-ci, encore d'un travail très-fin et de pierre calcaire blanche très-dure, représente le dieu assis sur un trône, et n'avait que trois pieds et demi de hauteur, y compris la tête qui n'existe plus. Un enfoncement allongé et de forme quadrangulaire, qui coupe le milieu du collier, me fait croire que la tête du dieu était rapportée et d'une matière différente. Quoi qu'il en soit, cette statue a été dédiée, comme le disent les légendes gravées en très-beaux hiéroglyphes sur le devant

_____

(1) Panthéon égyptien, V⁰ livraison, explication de la Pl. 16.

du trône, par : *le dieu bienfaisant*, LE DOMINATEUR
PAR PHRÉ ET PAR SATÉ, *le fils du soleil* AMÉNOF
aimé de Phtha. Le dossier du trône porte une
troisième inscription fracturée vers le haut, et exprimant ces paroles que, conformément à l'étiquette observée dans les sculptures égyptiennes,
le dieu reconnaissant adresse au Pharaon : *Nous
avons donné une vie exempte de satiété, la richesse
et la domination, au dieu bienfaisant seigneur du
monde,* AMÉNOF, *aimé de Phtha.*

Il faut aussi, Monsieur le Duc, rapporter au
règne du même *Aménophis II* qui vécut quelques
siècles avant l'époque où les Grecs placent leur
Memnon et le siége d'Ilion, d'autres statues de la
collection de Turin, au nombre de trois, représentant une déesse à tête de lion, assise sur un trône,
et tenant en main le signe de la vie divine. Toutes
les statues semblables, déjà communes dans les
musées de l'Europe, sont des images de *Néith*,
l'*Athénè guerrière* des Egyptiens, considérée comme
veillant par sa force céleste à la conservation des
êtres, au maintien des états, à la défense de l'E-
gypte. Cette divinité du premier ordre, particuliè-
rement adorée à Memphis, reparaît parmi les
déesses de la seconde classe, associée, sous le nom
de *Tafné*, à l'Hercule égyptien. C'est à cause de
ces attributions, que des images de cette déesse
protectrice furent placées en très-grand nombre,

soit en ligne devant les portiques et les propylées, soit disposées en allées ainsi que les sphynx, sur la longueur des *dromos*, comme pour protéger les lieux saints et en défendre l'approche aux impies. Cette destination explique d'abord l'abondance des statues de ce genre qu'on découvre journellement en Egypte, et nous donne, en second lieu, la raison du peu de soin avec lequel elles furent travaillées pour la plupart. On croyait sans doute très-inutile de déployer une grande recherche, dans des objets aussi multipliés et de pure décoration architecturale.

La collection Drovetti ne renferme pas moins de dix statues de *Néith gardienne*, toutes en granit noir et à taches blanches : les unes debout, le *disque* en tête, tiennent dans leurs mains le *signe de la vie divine* et le *sceptre à fleur de lotus;* les autres sont assises sur des sièges plus ou moins décorés. Parmi ces dernières, il en est une de six pieds et demi de hauteur, portant la légende suivante, relative au roi Aménophis II : *le dieu gracieux seigneur du monde*, LE DOMINATEUR PAR PHRÉ ET PAR SATÉ, *chéri de la déesse gardienne des trônes, le vivificateur comme le soleil, pour toujours, le fils du soleil qui l'aime*, AMÉNOF. Cette inscription prouve que le colosse, dont la tête de lion est d'un très-beau caractère, exista d'abord devant un édifice décoré par les soins de ce Pharaon. Deux autres statues léontocéphales, du même musée, et une troisième existant au palais de l'Université de Turin, offrent également des inscriptions dédicatoires du Pharaon *Aménophis II*. Ces statues ont de cinq à six pieds de proportion; je n'y ai trouvé aucune particularité digne de remarque, et je m'empresse de passer à deux des plus précieux objets de la collection royale, à des groupes qui se rapportent au règne du roi *Horus*, fils et successeur d'Aménophis II. (Le nom de la reine TAÏA, femme d'*Aménophis II*, est au n° 10 de la planche II.)

L'un de ces magnifiques monuments est de pierre calcaire blanche cristallisée et d'une excessive dureté. La figure principale, qui représente la plus puissante des divinités de l'Egypte, *Amon-ra*, (Ammon), n'avait pas moins, quoique assise, de huit pieds de hauteur; elle n'a plus que six pieds trois pouces, les parties supérieures de la coiffure étant aujourd'hui détruites. Le roi des dieux est figuré avec une tête humaine dont les traits, pleins de grandeur, sont exécutés avec une admirable finesse de travail; le nez seul a un peu souffert : la poitrine est ornée d'un collier à huit rangs terminés par des grains en forme de perles. Les deux bras, portant des bracelets au-dessus des poignets, reposent sur les cuisses, et la main gauche du dieu tient le signe de la vie céleste. Les pieds ont disparu avec une portion du bloc qui formait la base du groupe.

A côté du trône du dieu, mais debout, est le Pharaon *Horus* dont le bras droit repose sur l'épaule gauche d'Ammon; la coiffure du roi, qui, du reste, est de la forme ordinaire, est distinguée par l'*uræus*, symbole de la puissance suprême : une ceinture soutient le vêtement léger qui le couvre depuis les hanches jusques vers le bas des cuisses, et un cartouche horizontal, placé en forme d'agrafe sur le milieu de la ceinture, contient les titres et le prénom de ce prince : *Le dieu vivant et gracieux*, SOLEIL DIRECTEUR DES MONDES, *approuvé par Phré, chéri d'Amon-ra*. La figure du roi *Horus*, taillée dans la même masse que celle du dieu, n'a que quatre pieds de haut; mais elle est exécutée avec la même recherche, et ses pieds, partie ordinairement si négligée dans les sculptures égyptiennes, sont d'une belle forme et d'une bonne proportion. La légende royale de ce Pharaon est répétée à droite et à gauche du trône qui porte le souverain des dieux, ainsi que dans un grand tableau carré, gravé sur le dossier de ce trône, entre les têtes des deux personnages. Cet encadrement renferme deux colonnes perpendiculaires de très-beaux hiéroglyphes, exprimant les idées suivantes : *Le roi du peuple obéissant, seigneur de l'univers*, LE SOLEIL DIRECTEUR DES MONDES, *l'approuvé par Phré, le fils du soleil dominateur des régions, le chéri d'Ammon*, HÔR-NEM-NÈB, *vivificateur comme*

le soleil pour toujours. Le roi Horus prend constamment, dans ces diverses légendes, le titre de
chéri d'*Amon-ra* (Ammon), pour les mêmes motifs
que son père prenait celui de chéri de *Phtha* sur
les statues de ce dieu, et le titre de *chéri de la
déesse gardienne* sur les colosses de cette même
divinité.

Le beau groupe du musée de Turin, portant le *pré-
nom* (Pl. II, n° 11 *a*) et le *nom propre* (*Ib.* 11 *b*) du roi
qui est inscrit immédiatement après Aménophis II
sur la table d'Abydos, doit, par cela même, être
regardé comme un ouvrage contemporain de plusieurs portions importantes du palais de *Louqsor*
à Thèbes, édifice dont le roi Horus continua les
travaux commencés par son père, ainsi que le démontrent les nombreuses légendes royales gravées
sur les bas-reliefs des murs et les décorations des
colonnes. On les retrouve aussi sur une magnifique
porte de granit au palais de Karnac.

Non moins intéressant sous le rapport de l'art,
mais plus important pour la science que celui dont
je viens de donner une description rapide, le second groupe du musée de Turin, relatif encore au
roi *Horus*, est en granit noir, et devait avoir six
à sept pieds de hauteur avant que les efforts de la
barbarie eussent brisé la coiffure et la tête du roi,
ainsi que les insignes qui surmontaient la tête de
la femme assise à ses côtés, et sur le même trône

dont la largeur est de trois pieds. La main gauche
du Pharaon repose sur sa cuisse, et tient l'emblême
de la vie divine ; son bras droit, relevé contre la
poitrine, portait le sceptre, symbole de la vigilance
des dieux et des rois. La femme, assise à sa droite,
et que les *uraeus* sculptés sur le *modius* qui sur-
monte sa coiffure, font connaître pour une reine,
appuie son bras gauche sur l'épaule du roi : un
vautour, les ailes pendantes, couvre encore la tête
de la princesse, et de son *modius* sortaient deux
longues plumes ou palmes qui n'existent plus,
coiffure en tout semblable à celle de la petite statue de bois, déja décrite, de la reine *Nané-Atari*.

Cette coiffure et ces insignes sont, en effet, particuliers à toutes les souveraines de l'Égypte figurées sur les bas-reliefs des temples et des palais.
On peut voir parmi ceux d'éléphantine, la reine
Taïa, femme d'*Aménophis II*, et probablement
mère du roi *Horus*, dans un costume pareil, offrant des fleurs et des fruits au dieu Chnouphis ; sur
les sculptures de Philæ, la reine *Cléopâtre*, femme
d'Évergète II, et dans la décoration de la partie
postérieure du temple de Dendéra, une *impératrice
romaine*, selon toute apparence une des épouses
de Néron, représentées avec un semblable ornement de tête (1). J'ajouterai que cette singulière

(1) Description de l'Égypte ; Ant. Planches, vol. 1 et IV.

4

coiffure est propre à la déesse *Athyr* (la Vénus égyptienne), à laquelle on trouvait sans doute convenable de comparer les épouses et les filles des rois, en les montrant parées de ses insignes sur les monumens publics.

La légende hiéroglyphique gravée sur le devant du trône, à côté de la statue du roi Horus, a disparu en entier; mais il reste de celle du côté de la reine, dix-neuf signes parmi lesquels se trouve heureusement encore le cartouche contenant son *nom propre.* Cette princesse, qualifiée de *chérie d'Iisis, la puissante mère divine*, se nommait *Tmauhmot* (pl. II, n.º 12), nom qui me paraît avoir signifié *la mère de la grâce* ou *la mère gracieuse.* Nous aurions certainement su, par les titres seuls qui précédaient ce même cartouche, si cette princesse était la *fille*, la *sœur* ou l'*épouse* du roi *Horus;* mais ces mêmes signes ont été emportés par la fracture qui a fait disparaître toute la partie supérieure de ce beau groupe.

Cette question, Monsieur le Duc, vous paraîtra d'autant plus intéressante à décider, que le roi Horus a eu pour successeur immédiat au trône, une de ses filles, qui gouverna l'Égypte pendant douze années. Le nom sous lequel cette reine est désignée dans le canon de Manéthon, ne suffit point pour la faire reconnaître sur les monumens; car cet historien paraît avoir parlé de cette princesse,

comme de la plupart des rois des plus anciennes
dynasties, sous des noms qui pouvaient être très-
communs parmi les Égyptiens, mais qui ne furent
jamais inscrits en caractères sacrés sur les édifices
publics, soit que ce fussent des surnoms plutôt que
de véritables noms propres, soit que, comme les
monarques chinois, les vieux Pharaons eussent à
la fois un nom propre et un nom de règne. La
Table d'Abydos elle-même, omettant le nom de la
reine fille d'Horus, comme elle omet aussi et pour
des raisons que ce n'est point ici le lieu de développer, le nom de la reine *Amensé* (pl. II, n.º 5),
mère de Thoutmosis II, quoique elle ait régné
vingt et un ans entiers, la Table d'Abydos, dis-je,
ne saurait non plus éclaircir cette difficulté d'un
aussi haut intérêt pour l'histoire. Il faut donc re-
courir à d'autres autorités pour résoudre ce pro-
blême, et je crois avoir été assez heureux pour en
trouver la solution dans le monument même qui
l'a fait naître occasionellement.

Le derrière du trône sur lequel les deux figures
sont assises, était orné d'une grande scène sculptée
qui occupait tout le haut du dossier : il n'en sub-
siste plus, vers la droite, que les restes d'une petite
image d'homme agenouillé, et vers la gauche, que
le pied d'un personnage de plus forte proportion.
Au-dessous de ce bas-relief est une longue inscription hiéroglyphique de trois pieds de hauteur sur

deux pieds et demi de large. Elle se compose de
vingt-six lignes horizontales de caractères sculptés
en creux avec un très-grand soin : ceux qui occupent toute la hauteur de la ligne, ont près d'un
pouce de dimension. Le commencement des quinze
premières lignes est plus ou moins détruit, de sorte
qu'il manque à peu près un cinquième de cette inscription ; mais malgré ces lacunes, j'ai cru reconnaître, par un premier examen que je me propose
de reprendre plus à fond dans un autre temps, le
sujet de l'inscription entière, les motifs de l'érection du monument qui la porte, et le degré de
parenté qui liait la reine *Tmauhmot* au roi *Horus*.

Les premières lignes de ce texte, qui ressemblent
bien plus au *considérant* d'un décret ou de toute
autre décision rendue par une autorité, qu'à une
inscription simplement religieuse ou dédicatoire,
contiennent les louanges du *roi seigneur de l'univers*, SOLEIL DIRECTEUR DES MONDES, *approuvé par
Phré, fils du soleil, chéri d'Ammon*, Hôr-Nem-
Nèb (le roi *Horus*), qui a reçu des dons de Néith,
sa puissante mère, et d'*Amon-ra, roi des dieux*.
Ce Pharaon est en outre appelé *image d'Horsièsi*
(le dieu Horus, fils d'Isis) *qui l'a dirigé. Le dieu
Horus, son père*, y est-il dit encore, *lui donna la
souveraineté sur la région inférieure* : on énumère
enfin tous les bienfaits de ce Pharaon envers les
habitans de l'Égypte, en le comparant perpétuel-

lement aux dieux *Phrè*, *Thoth*, *Phtha*, et surtout
au dieu *Horus* dont il empruntait le nom même.
On ordonne (ligne 15) de placer dans un lieu distingué des temples, la représentation *du soleil di-*
récteur des mondes, le roi Horus, ainsi que CELLE
DE SA FILLE, *image de la grande mère*, (Néith), et
dont les louanges paraissent mêlées à celles des
déesses *Sontèb, Satè, Bouto, Isis* et *Néphtys*. On ins-
titue (ligne 17) de grands honneurs à rendre au
roi Horus, parmi lesquels sont des *panégyries* liées
à celles du dieu Phrè; les *titres* décernés au roi
Horus, et qui doivent accompagner ses images,
sont spécifiés dans les lignes 18, 19 et 20. On ordonne, ligne 21, d'inaugurer de semblables images
dans les temples de l'Égypte; et le reste de l'inscription m'a paru relatif aux divers ordres de prêtres
auxquels on confie le service de ces images, et aux
cérémonies qu'il fallait pratiquer en leur honneur.

En lisant ces détails, votre pensée, Monsieur le Duc,
se reportera naturellement sur la célèbre inscription
de Rosette, dont les trois textes contiennent, en
faveur de Ptolémée Epiphane, les mêmes dispositions que l'inscription du groupe de Turin à l'égard
du roi Horus et de sa fille. Ces deux monumens
ont un même objet; les divisions générales des
textes sont pareilles, et les principaux articles de
l'un se retrouvent, et précisément selon le même
ordre, dans l'autre. Je rencontre donc, dans le Mu-

sée de Turin, un modèle très-antique de ces décrets
rendus pour consacrer et conserver la mémoire de
la piété des rois, et celle de leurs bienfaits envers
la nation égyptienne. Ce fait curieux démontre en
même temps que le culte et le sacerdoce des rois
est beaucoup plus ancien en Egypte que l'arrivée
d'Alexandre, et qu'en cela comme dans presque
toutes les formes du culte et du gouvernement,
dans les coutumes et même dans les formules de
simple étiquette, les rois grecs d'Egypte n'inno-
vèrent rien, et s'efforcèrent de suivre, le plus qu'il
leur fut possible, les usages de l'antique monarchie, qu'une longue série de siècles avait irrévoca-
blement sanctionnés.

Une lacune d'environ quarante caractères existant au commencement de la première ligne de
l'inscription relative au Pharaon *Horus*, ne nous
permet point de connaître d'une manière positive
ni la date ni les auteurs du décret. Peut-être qu'une
étude plus approfondie de ce texte, apprendra s'il
faut le rapporter au règne de ce roi lui-même, ou
bien, ce qui est infiniment plus probable, à celui
de la reine Tmauhmot sa fille, associée à ses honneurs divins, comme dans l'inscription de Rosette
on fait participer Épiphane vivant à tous ceux rendus
à ses ancêtres, et que l'on augmente même considérablement. Quant à l'autorité qui aurait porté
cette espèce de décret, les dispositions qu'il contient

étant toutes relatives à l'inauguration d'images dans
les temples ou à diverses cérémonies religieuses à
pratiquer, montrent assez que nous devons, sans
hésitation, attribuer cet acte public soit au corps
sacerdotal de l'Égypte entière, soit à l'une de ses
fractions réunie à Thèbes ou à Memphis dans
quelque solennelle occasion, telle par exemple que
l'intronisation de la reine Tmauhmot qui exerça le
pouvoir aussitôt après la mort de son père.

Quoi qu'il en soit, il me paraît certain maintenant
que le groupe du Musée de Turin, sur lequel est
gravé le décret honorifique, représente le pharaon
Horus de la XVIIIe dynastie, et la reine sa fille qui
occupa le trône après lui ; et je ne crains point trop
m'avancer, d'après toutes ces circonstances réunies,
en émettant l'opinion que les deux statues qui forment ce groupe, ont été précisément exécutées
conformément au décret même dont la teneur est
exposée sur le dossier du trône.

Cette conjecture, que ce décret sacerdotal a été
rendu sous le règne de la fille d'Horus, nommée par
Manéthon *Achenchersès*, et dont le nom de règne est
Tmauhmot dans les textes en écriture sacrée, pourrait tirer une sorte de solidité d'une particularité
très-remarquable qui me reste à exposer.

Les parties latérales du trône sur lequel sont
assis le Pharaon et sa fille, portent deux tableaux
sculptés de relief dans le creux.

Du côté du roi *Horus*, sont figurés quatre prisonniers debout (1), liés au col et aux bras avec des cordes diversement reployées et qui toutes se terminent par des fleurs de lotus. Deux de ces captifs marchant vers la droite, portent sur leur face tous les caractères de la *race nègre*; de grands anneaux pendent à leurs oreilles, et une large bretelle ou bandoulière soutient leur tunique tombant jusques à mi-jambe. Le costume de ces prisonniers noirs est ainsi parfaitement semblable à celui des hommes de même race que l'on observe dans les bas-reliefs du tombeau royal découvert à Thèbes par le courageux et infortuné Belzoni. Les deux autres prisonniers marchant à gauche, appartiennent à une nation différente : ils se distinguent par une barbe longue et épaisse; la tête de l'un est nue, celle du suivant est couverte d'une coiffure, très ample vers la nuque et fixée par une bandelette ou diadème. Ils portent un grand collet, ou pélerine, qui descend jusques au coude et enveloppe tout le buste. Ces captifs ne diffèrent en rien de ce peuple barbu, contre lequel furent livrées tant de grandes batailles par les pharaons de la XVIIIe dynastie, scènes guerrières sculptées avec les détails les plus circonstanciés sur les murs des palais de Karnac et de Louqsor; comme

____

(1) D'un pied neuf lignes de hauteur.

dans les magnifiques excavations de la Nubie. Ce
bas-relief du trône du roi Horus, et qui peut avoir
trait à quelque expédition militaire faite sous son
règne, n'a au reste rien de bien spécial ni d'absolument propre à ce prince, puisqu'on retrouve de
pareils groupes de prisonniers figurés sur les trônes
de la plupart des souverains, dans les bas-reliefs
de Thèbes et les peintures des hypogées. Ces deux
nations, ainsi qu'une troisième toujours peinte *en
rouge* avec des *cheveux roux* et même des *yeux
bleus*, sont les ennemis constants de la primitive
monarchie Égyptienne, les derniers surtout, évidemment les moins civilisés puisqu'ils se montrent,
pour l'ordinaire, les cheveux longs et en désordre,
vêtus soit d'une peau de bœuf conservant encore
son poil, soit d'une simple pagne couvrant le milieu
du corps, et que leurs bras et leurs jambes sont
souvent décorés d'un tatouage grossier. J'ai lieu
de croire que ces barbares ne sont autres que ces
fameux pasteurs, ces *Hikschós* (ϨⲎⲕⲩⲱⲟⲥ) qui, à
une époque très-reculée, sortis de l'Asie envahi-
rent l'Égypte et la dévastèrent, jusqu'à ce que les
princes de la XVIIIᵉ dynastie eussent mis un terme
à leurs déprédations en les chassant d'abord de
l'Égypte et en repoussant ensuite leurs nouvelles
invasions. Les monumens égyptiens n'offrent jamais
l'image de ces peuples, que dans un état de défaite,
de captivité ou d'abjection : on les représente, par

exemple, renversés et liés sur les marchepieds du
trône des Pharaons, ce qui met en scène le verset
du psalmiste, *ponam inimicos tuos in scabellum pe-
dum tuorum*; les simples particuliers manifestaient
leur haine pour ces ennemis de l'Égypte, d'une
manière analogue; car j'ai remarqué dans les collections Cailliaud et Drovetti, ainsi qu'au cabinet
du roi à Paris, des *sandales* en cartonnage de toile,
portant sur *le point où appuyait la plante des
pieds*, des figures coloriées de *pasteurs captifs* et
des prisonniers appartenant à ces deux mêmes nations vaincues représentées sur le côté du trône du
roi Horus

Le bas-relief sculpté sur ce trône, et du côté où
la reine *Tmauhmot* est assise, se recommande par
une singularité d'un autre genre, mais non moins
remarquable. L'artiste y a gravé de profil un beau
Sphinx à tête humaine et dans la pose ordinaire (1);
au lieu d'une pate de lion à la partie antérieure,
c'est un bras élevé dans une attitude de protection.
Des épaules de l'animal symbolique sortent deux
grandes ailes presque éployées, et sa queue, d'abord
dressée presque perpendiculairement, retombe ensuite et finit en un épais flocon. La tête est couverte d'une sorte de mitre particulière aux reines
et à certaines déesses égyptiennes, et cette coiffure

_____

(1) Ce sphinx a environ un pied de longueur.

porte à son extrémité un bouquet de fleurs agréable-
ment disposées. Les oreilles du Sphinx sont ornées
de boucles arrondies, comme les portent les figures
de femmes peintes sur les cercueils des momies.
Le collier est de la forme ordinaire ; mais le disque
ou ornement circulaire qui sert de contre-poids à
ce collier, et reste pendant sur les épaules des
personnages, est ici rejeté en avant comme s'il eût
gêné le mouvement des ailes.

A ces particularités seules, j'eusse reconnu, pour
la première fois, sur un monument original, un
sphinx femelle de véritable style égyptien, et parfaitement caractérisé quand même le sexe de ce
monstre n'eût point été indiqué sur le bas-relief
d'une manière aussi claire qu'il l'est en effet par
cinq *mamelles* très distinctement figurées sur toute
la longueur du ventre. Placé sur un socle peu élevé,
le sphinx a devant lui un cartouche orné du disque
combiné avec deux grandes palmes, et renfermant
le nom propre de la reine *Tmauhmot* : au-dessous
du cartouche et de l'animal symbolique, sont treize
tiges de lotus avec leurs fleurs épanouies, rangées
symétriquement sur deux hauteurs différentes.
L'explication de ce tableau curieux dont le dessin
est en tête de cette Lettre, et qui présente d'abord
des formes si extraordinaires, n'offre toutefois
aucune difficulté insurmontable, et nous sommes
assez avancés dans l'étude comparative des monu-

ments égyptiens, pour déterminer d'une manière
précise le sujet de celui-ci.

L'antiquité classique nous apprend que le Sphinx,
c'est-à-dire l'alliance d'une tête humaine avec un
corps de lion, indiquait symboliquement, non
comme on l'a cru, le débordement du Nil sous les
constellations du lion et de la vierge ; car on regardait alors toutes les têtes humaines de Sphinx
comme des têtes de *femme* quoique barbues pour
la plupart (1), mais bien que cet être fantastique
fut l'emblême de *l'intelligence* ou de la *sagesse unie
à la force* (2). Il résulte aussi de ce document précieux, que le *Sphinx* n'était point le symbole spécial
d'une seule divinité, puisque la *force* et la *sagesse*
devaient être considérées comme des qualités communes à tous ces personnages théologiques auxquels
l'Égypte rendait un culte habituel. Les monuments
égyptiens confirment cette première déduction et
m'ont offert ce symbole appliqué à une foule de divinités différentes. Il serait difficile, Monsieur le Duc,
de citer un exemple plus probant de ce fait que la magnifique momie du hiérogrammate de Thèbes, *Soti-
mès*, existant aujourd'hui dans la collection de M. Du-
rand. Le plus beau des cercueils de cette momie

(1) On prenait alors la barbe pour une tige de *persea*.

(2) [Σύμβολον] Ἀλκῆς τε ἂν μετὰ Συνέσεως, ἡ Σφίγξ. τὸ μὲν σῶμα
πᾶν λέοντος, τὸ πρόσωπον δὲ ἀνθρώπου ἔχουσα. Clément d'Alexandrie,
Strom. liv. V, page 671, édit. d'Oxfort, 1715.

présente l'image de dix-huit dès principales divinités
égyptiennes peintes sous la forme de *Sphinx à tête
humaine*, et ne différant entr'elles que par la coiffure ou l'insigne particulier à chacune, objets dont
la présence était indispensable pour les caractériser
inviduellement. Les sphinx des six déesses *Athyr*,
Tafné, *Selk*, *Isis* et *Nephtis*, qui s'y voient entremêlés à ceux des Dieux *Phrè*, *Jmouth*, *Sèb*, *Horsiési*
etc, établissent, sans réplique aussi, que le Sphinx
était également une forme emblématique attribuée,
dans certains cas déterminés, aux divinités femelles.
Le sexe des sphinx peints sur ce beau cercueil de
momie, n'est signalé que par la présence ou l'absence seule de la *barbe*: les sphinx femelles n'y
ont point, comme celui du bas-relief de Turin, des
mamelles clairement exprimées; mais tous portent
aussi des *ailes* de couleurs variées, qui sont repliées
le long du corps, et non éployées comme celles
du Sphinx qui est le sujet de ces divers rapprochements.

On pourrait croire en conséquence, que ce dernier représente l'une des grandes *Déesses* de l'É-
gypte. Mais on ne saurait appuyer cette opinion
sur aucun des insignes qui l'environnent, et la
présence seule du cartouche renfermant le nom
de la reine Tmauhmot, nous avertit assez qu'il
faut chercher le personnage réel, emblématiquement figuré par ce Sphinx, hors du ciel des dieux

égyptiens et parmi les *Divinités terrestres*. Une
masse imposante de monuments, m'ont en effet
démontré que les *Dieux mortels* de l'Égypte, les
souverains régnants, furent aussi figurés d'une
manière symbolique par le *Sphinx*, comme parti-
cipant tous à la plénitude de la *force* et de la *sagesse* des Dieux, au nombre desquels on les in-
scrivait de leur vivant même, conformément au
protocole antique de la monarchie. C'est sous la
forme d'un sphinx à tête et à bras humains que
le roi *Psammitichus I* est représenté faisant une
offrande au dieu *Phrè*, sur les quatre faces du
pyramidion de l'obélisque de Monte-Citorio; la légende royale de ce Pharaon, placée à côté de
l'animal emblématique, ne laisse aucun doute à
cet égard. C'est sous la forme d'un *Sphinx* semblable, que l'empereur *Trajan* est figuré parmi
les bas-reliefs d'Ombos, ayant devant lui des cartouches renfermant sa légende hiéroglyphique complète : *l'empereur César-Nerva-Trajan Germanique
Dacique* (1). Enfin, une quantité immense de scarabées nous montrent les plus célèbres Pharaons
sous la figure de *Sphinx* avec ou *sans ailes*, décorés des insignes royaux, soit dans une attitude
de repos, soit dans un grand mouvement et fou-
lant aux pieds des ennemis vaincus; et les car-

(1) *Description de l'Égypte*, A. vol. I, pl. 41, n° 6.

touches de ces rois sont toujours placés devant ou
à côté du Sphinx qui les représente. Nous pouvons
donc conclure avec assurance, que le beau Sphinx
sculpté sur le groupe du musée de Turin, est une
image symbolique de la reine Tmauhmot elle-
même, ainsi que l'indique déja le cartouche royal
gravé devant lui. Et si l'on tient compte de la valeur d'expression des *fleurs de Lotus* placées au-
dessous du Sphinx, on reconnaîtra dans cette
scène un de ces bas-reliefs nommés *Anaglyphes*
par les anciens (1), et qui, sous des apparences
souvent monstrueuses, contenaient les louanges
des souverains de l'Égypte emblématiquement
exprimées. Le sens de ce tableau me semble donc
assez clair : il concerne la mémoire de *la reine
Tmauhmot, gardienne et protectrice des régions
inférieures par sa sagesse et par sa force.*

Jusques ici, les monuments ne m'avaient offert
que des *rois* seuls peints sous la figure de *sphinx ;*
il me paraît donc assez remarquable que la première et l'unique reine que nous trouvions repré-
sentée sous une forme pareille, soit précisément
une princesse qui occupa seule pendant plusieurs
années le trône des Pharaons. Ce tableau symbolique ne serait-il point un motif pour croire que

(1) Précis du système hiéroglyphique, pages 300, 301, 360
et suivantes.

le groupe du *roi Horus et de la reine Tmauhmot*
a été exécuté sous le règne de cette dernière ?
Quoi qu'il en soit, Monsieur le Duc, ce monument
mérite déja toute votre attention, non-seulement
par son importance historique, mais par le fait
seul qu'il offre le modèle exact, et certainement
fort antique, de ces *sphinx femelles ailés* qu'on
retrouve sur les pierres gravées de vieux style
grec.

Le nom du frère et du successeur de la reine
Tmauhmot ou *Achencherses* ne se lit sur aucune
des statues de la collection Drovetti; mais le *prénom* de ce roi (Pl. III, n° 13 *a.*), semblable à celui
que la Table d'Abydos place à la suite du *roi Horus*,
se trouve gravé sur une stèle funéraire. Ce prince,
qui est occasionnellement rappelé parmi les qualifications de l'un des enfants du défunt, se nommait *Ramsès* (Pl. III, n° 13 *b.*), comme nous l'apprennent ses légendes complètes gravées sur les
murs de la grande salle hypostyle de Karnac à
Thèbes : c'est le premier roi qui porte, sur les
monuments, ce nom de *Ramsès*, qui devait être
tant illustré par plusieurs de ses descendants et
successeurs.

Un fort beau bas-relief (1) présente aussi l'image

(1) En pierre calcaire blanche, grain très-fin; longueur
deux pieds, hauteur un pied six pouces. Toutes les figures
sont coupées aux genoux.

du Pharaon dont le *prénom* (Pl. III, n° 14 *a*) suc-
cède immédiatement à celui de *Ramsès I* dans le
tableau généalogique d'Abydos : son nom de règne
fut *Mandouëi* (Pl. III, n° 14 *b*), et il prit habituellement dans ses légendes le titre de *Serviteur de
Phtha* ou d'*Établi par Phtha.* Ce roi est figuré
debout, le front orné de l'*urœus*, et accompagné
d'un personnage, espèce d'*Athlophore* qui porte
l'*emblême de la victoire;* Mandouëi brûle l'encens
devant les images en pied de ses ancêtres le Pharaon *Aménoftép* et la reine *Nané-Atari*, dont les
coiffures sont surmontées des insignes du dieu
Phtha et de la déesse *Athyr.* M. Huyot a retrouvé
le nom du roi Mandouëi dans la salle hypostyle
de Karnac; et l'on doit également attribuer à ce
Pharaon, l'érection de l'obélisque Flaminien qui
décore aujourd'hui la place du Peuple à Rome.

Rien ne rappelle dans le Musée, à l'exception
de quelques scarabées et amulettes, le règne des
autres princes de la XVIIIe dynastie, quoique ces
rois aient, pour la plupart, laissé des témoins mé-
morables de leur magnificence et de leur piété, sur
le sol de l'Égypte : *Ramsès II* et *Ramsès III*, l'un
en élevant les deux superbes obélisques de Louqsor à Thèbes et le vieux temple de Calabsché en
Nubie, l'autre en décorant une portion du palais
de Karnac où avaient fait travailler tous les rois
ses aïeux; *Ramsès IV*, surnommé *Méïamoun*, en

construisant le grand palais de Medinetabou, et
son successeur, *Ramsès V*, en ornant de bas-reliefs
quelques parties de ce palais de Karnac, édifice
immense commencé sur le plan actuel par les premiers Pharaons de sa race., et auquel, sept siècles
après lui, les rois de la XXVIᵉ dynastie ajoutaient
encore de nouvelles décorations.

Mais le règne d'aucun Pharaon n'a été marqué
par la construction d'un plus grand nombre de
monuments, que celui de *Ramsès VI*, compté
comme chef de la XIXᵉ dynastie royale, quoique
fils du dernier souverain de la XVIIIᵉ. Ses conquêtes
et ses entreprises guerrières furent fameuses jusques dans l'occident, et sur les bords du Nil on
conserva un souvenir plus juste et plus durable
encore de la sagesse qui dirigea pendant plus d'un
demi-siècle les actes de son gouvernement sous
lequel l'Égypte recouvra ses plus précieuses li-
bertés. Aussi le respect pour la mémoire, et la re-
connaissance pour les bienfaits de ce grand prince
que l'antiquité grecque et romaine a connu et cé-
lébré sous les noms divers de *Ramsès, Séthosis,
Sésoosis* et *Sésostris*, restèrent si profondément
gravés dans le cœur des habitants de l'Égypte,
que près de mille ans après la mort de ce Pharaon, un pontife de Memphis eut la noble har-
diesse de s'opposer ouvertement à ce que la statue
du roi régnant à cette époque, fût placée, dans

le temple de Phtha, plus honorablement que celle de *Ramsès* ; résistance glorieuse et pour le prêtre et pour le Pharaon, puisque le roi régnant était un monarque étranger, un Perse, Darius qui, par la force seule des armes, asservissait à ses lois l'Égypte déja écrasée par l'atroce tyrannie de Cambyse.

J'eusse été bien surpris, Monsieur le Duc, que dans le nombre si considérable de monuments réunis à Turin par la munificence royale, il n'en existât point du plus illustre des *Ramsès* : je m'attendais à y trouver des statues de ce grand prince, et cette espérance n'était point vaine : il y en a trois, deux provenant de la collection Drovetti, et l'autre, depuis fort long-temps au palais de l'Université.

Élevée sur un piédestal moderne et placée dans le vestibule du palais, celle-ci m'a paru avoir huit pieds de hauteur ; elle est monolithe et de granit rose. Le Pharaon, debout, a été représenté en costume civil : l'*uræus* royal s'élève sur son front ; une courte tunique rayée le couvre depuis la ceinture jusques aux genoux seulement : la partie antérieure de cette tunique fait une grande saillie en avant, ce qu'on exprime dans les bas-reliefs égyptiens en donnant à ce vêtement une forme presque triangulaire. Les bras, ornés de bracelets au-dessus du poignet, sont allongés sur la partie

5.

proéminente de la tunique, et vers le milieu de la
ceinture on lit, dans un cartouche horizontal,
les mots : *Le chéri d'Ammon* RAMSÈS. A cette
agrafe est attaché cet ornement particulier aux
rois, et formé de deux *urœus* adossés dont les
têtes se relèvent à droite et à gauche ; les bas-
reliefs coloriés des temples, prouvent que ces deux
reptiles étaient liés entr'eux, dans l'ornement original, par des baguettes d'or servant de cadre à
des plaques d'émail de formes et de couleurs variées. Mais ces plaques sont ici remplacées par une
inscription hiéroglyphique renfermant le *prénom*
si connu (Pl. III, n° 20 *a*), et le *nom propre* (Pl. III,
n° 20 *b*) de ce prince, ainsi que les titres : *Roi
du peuple obéissant, Seigneur du monde, Fils du
Soleil.* La même légende est reproduite, mais en
très-grands hiéroglyphes, sur le bloc qui sert d'appui à la statue ; je n'y ai remarqué de plus que le
titre *Enfant des Dieux* (ⲨⲈⲄ ⲚⲚⲈⲚⲞⲦⲦⲈ). Enfin,
sur la face gauche du massif réservé entre les
jambes du colosse, est tracée, en relief très-bas,
l'image d'une reine, coiffée comme la déesse Athyr:
c'était probablement l'épouse de *Ramsès*, car devant cette figure exista une inscription dont il ne
reste plus que les premiers signes exprimant les
idées : *Sa royale épouse qui l'aime ;* le nom propre
de cette princesse a entièrement disparu, avec les
pieds de la grande statue aujourd'hui restaurés.

Ce colosse, quoique d'un assez bon travail, ne saurait, sous le rapport de son exécution, soutenir le moindre parallèle avec une seconde statue de Ramsès-le-Grand, provenant de la collection Drovetti. Ce chef-d'œuvre de la sculpture égyptienne, est arrivé à Turin brisé en plusieurs pièces; mais il sera facile de les réunir sans avoir à regretter aucune partie tant soit peu importante de ce bel ouvrage de granit noir, et de 6 à 7 pieds de proportion. Le roi est représenté assis sur un trône en habit militaire; son costume est absolument pareil à celui que l'on a donné à son aïeul, *Ramsès-Méïamoun*, dans les bas-reliefs de Médinet-abou, où ce prince guerrier assis sur son char au milieu du champ de bataille, reçoit les vaincus prisonniers qu'on amène de toute part à ses pieds. La tête de la statue de *Ramsès-le-Grand*, porte le casque royal, armure qui, d'après la couleur *verte* qu'on lui applique dans les bas-reliefs peints, devait être en bronze orné de métaux plus précieux: des sortes de *clous* ou de petits *disques* en relief, semblables au caractère figuratif qui, dans les textes hiéroglyphiques, exprime l'idée *soleil*, couvrent toute la surface du casque, à l'exception d'une espèce de rebord ou plutôt de visière qui fait saillie sur tout le contour du front; au-dessus de cette visière, s'élève l'insigne royal, l'*uræus*, dont le corps forme d'abord plusieurs enroule-

ments, et s'étend ensuite en ligne droite vers la
partie la plus élevée du casque.

La face de cette statue, travaillée comme toutes
les autres parties avec un soin extrême, est d'une
perfection que je ne m'attendais point à rencontrer
dans un ouvrage égyptien d'aussi ancien style. L'expression en est à la fois douce et fière, et un
examen très-rapide suffit pour convaincre que
c'est là un véritable portrait. Les yeux, d'une grandeur moyenne, sont moins saillants que ceux de
la plupart des autres statues; les sourcils sont fortement marqués; l'angle externe des yeux n'est
point exagéré comme à l'ordinaire; le nez est long
et aquilin, et la bouche petite, quoique les lèvres
soient toujours un peu fortes. Des joues pleines
et un menton arrondi donnent à l'ovale de la face
une élégance et une grâce dignes de remarque.
Les oreilles d'une excellente forme, mais dont l'extrémité supérieure dépasse toujours la ligne de
l'œil, caractère essentiel de toute figure de véritable style égyptien, sont percées comme pour y
suspendre quelque ornement précieux. Ramsès-
le-Grand est sans barbe, ainsi que l'est son aïeul
sur le bas-relief précité de Médinetabou.

Un riche collier, à six divisions terminées par
une rangée de perles pendantes, couvre la poitrine
du Pharaon : l'artiste l'a représenté habillé d'une
ample et longue tunique à larges manches, rayée

et plissée, et dont toutes les ouvertures ainsi que
le bas sont brodés et ornés de franges, et c'est là
sans doute cette célèbre espèce de tunique égyptienne connue sous le nom de *calasiris*. La manche
droite relevée au-dessus du coude, donne passage
au bras qui, replié contre la poitrine, soutient ce
sceptre en forme de crochet, aussi souvent placé
dans la main des rois que dans celle de certaines
divinités; le bras gauche étendu le long du flanc
et reposant sur la cuisse, est recouvert presqu'en
entier par la manche de la tunique, dont les
franges descendent jusque vers le poignet; la main
fermée tient un corps cylindrique, tout-à-fait semblable à un rouleau de papyrus déprimé par l'ef-
fort des doigts qui le serrent. Des chaussures
imitant, jusques dans les plus petits détails, ces
sandales en feuilles de palmier, si finement tres-
sées, qu'on trouve encore dans les hypogées, sont
fixées aux pieds de la statue, qui sont d'ailleurs
d'une très-belle forme et d'une juste proportion.
L'exécution des mains ne laisse rien à desirer sous
ces mêmes rapports. Je ferai remarquer aussi que
l'artiste, comme pour exprimer que les pieds du
Pharaon reposent sur une *natte*, a tracé au-dessous
et au simple trait, sur la surface du marchepied
du trône, de longues feuilles de plantes analogues
à celles de certains roseaux. Enfin, à droite et à
gauche des jambes de la statue, sont deux figures

de plein-relief appuyées contre le devant du trône
et taillées dans sa masse : l'une représente une
reine parée des insignes d'*Athyr*, et l'autre un
jeune homme costumé comme le dieu Horus et
portant l'emblême de la *Victoire*; deux colonnes
d'hiéroglyphes, gravées près de cette dernière sta-
tuette, nous apprennent que le colosse a été *dédié
par le fils du roi qu'il aime* (ϭⲟⲧⲧⲉⲛ-ϭⲉ ⲩⲉⲓϧ)
Ⲁⲙⲟⲛⲏⲉ (1). La légende qui accompagne la sta-
tuette de femme, consiste seulement en ces mots:
Sa royale et puissante épouse qui l'aime; elle se
rapporte sans doute à la reine, femme de Ramsès
et mère d'*Amonhé*.... : ces deux figures, d'un pied
de hauteur, et chaussées de petites sandales comme
le colosse, sont d'un travail très-fin et très-soigné.

Le nom propre *Ramsès*, gravé sur la ceinture
de la grande statue, le *prénom* particulier (Pl. III,
n° 20 *a*) de *Ramsès VI* ou *le Grand*, et son nom
propre, sculptés, l'un sur l'avant-bras droit, l'autre
sur l'avant-bras gauche, prouveraient assez que
cette belle statue représente le moins ancien, mais
le plus fameux des conquérants égyptiens, quand
même une longue inscription, partant de l'agrafe
de la ceinture et descendant jusques au bas de la
tunique, ne nous dirait point que c'est là en effet

(1) Ce nom propre est terminé par deux caractères dont le
son m'est encore inconnu.

l'image *du Dieu vivant et bienfaisant*, *le Repré-sentant d'Ammon*, *de Mars et du Soleil dans la haute région*, *le roi* RÉ-SATÉ APPROUVÉ PAR PHRÉ, *le Directeur et le Gardien de l'Égypte*, *l'Enfant des Dieux*, *le Fils du Soleil*, *le Chéri d'Ammon* RAMSÈS, *vivificateur éternel*.

Je me hâte d'arriver à la description d'un troi-sième monument relatif au même prince, et qui se recommande autant par son volume et son travail déja très-remarquables, que par la nouveauté de sa forme et de son sujet. C'est un bloc de granit rose de cinq pieds quatre pouces de hauteur sur quatre pieds et demi de large, taillé en forme de trône, et qui sert de siège à trois statues de quatre à cinq pieds de proportion, y compris les coiffures, et taillées dans la même masse. Aux longues plumes ou palmes qui surmontent sa mitre, on reconnaît le personnage assis vers la droite pour *Amon-ra*, le plus puissant et le plus vénéré des dieux de l'Egypte. Sur la partie gauche du trône, est assise la déesse *Néith*, la compagne d'*Amon-ra*, caracté-risée par le *modius* supportant un disque flanqué de deux cornes de vache, et mieux encore par la légende hiéroglyphique : *La grande mère souve-raine de la région d'Amerloü*, *la dominatrice du ciel, rectrice de l'univers*. Entre ces deux divinités est assis un troisième personnage dont la coiffure est surmontée de deux cornes de bouc soutenant un disque et deux longues plumes, insignes habituels du dieu *Phtha-Sacri* ou *Socari*, l'enfant chéri d'*Amon-ra* et de *Néith*. Mais deux colonnes d'hiéroglyphes sculptées à côté de cette figure, nous apprennent qu'elle ne représente point le dieu Phtha comme l'indiqueraient ses attributs, mais bien le roi Ramsès-le-Grand, assimilé au premier né d'*Amon-ra*, et admis en quelque sorte dans la familiarité des dieux, puisque le dieu, le Pharaon et la déesse ont leurs bras affectueusement entrelacés. La légende est ainsi conçue : *Le dieu vivant et gracieux seigneur du monde* Ré - Saté approuvé par Phré, *le fils du soleil seigneur des régions, le chéri d'Ammon* Ramsès *vivificateur, aimé d'Amon-ra seigneur des trois zônes de l'univers, présidant aux régions de Apt* (ou Opt), *dieu grand, seigneur du ciel.* Au-dessous de la tête de Ramsès, est gravé, pour la seconde fois, son *prénom* royal (pl. III, n° 20 *a*), ce qui eût suffi, au besoin, pour le désigner d'une manière très-précise. Une troisième colonne, inscrite à la gauche du roi, exprime les idées suivantes : *Voici ce que dit Amon-ra, roi des dieux :* Nous t'avons donné une vie stable et heureuse ainsi que la domination à toi qui es le seigneur du monde Ré-Saté approuvé par Phré(1).

De semblables paroles sont adressées par les

_____

(1) *Prénom* de Ramsès-le-Grand.

dieux aux divers souverains de l'Egypte, dans la plus grande partie des bas-reliefs sculptés sur les murailles et les colonnes des temples ou des palais ; tout aussi souvent encore les légendes gravées à côté des rois, contiennent les prières prononcées par ces princes, et mentionnent les offrandes qu'ils présentent aux dieux ; et j'ai établi (1), par la traduction d'un obélisque faite par Hermapion, rapprochée des monuments originaux, que de pareils dialogues se lisent aussi sur la plupart des obélisques. Mais le monument que je décris nous fournit un fait curieux et qu'on n'a point encore assez observé ; c'est le peu de distance que la nation égyptienne semble avoir mis de tout temps entre ses rois et ses dieux : je pourrais citer, pour le démontrer mieux encore, un très-grand nombre de sculptures dans lesquelles des rois que l'on a pris jusques ici pour des divinités, en agissent tout-à-fait de pair avec de véritables dieux, et occupent au milieu d'eux un rang non moins distingué que Ramsès-le-Grand, représenté sur le groupe de Turin, familièrement assis entre les deux plus grandes divinités de l'Egypte. Je ne doute point au reste, qu'on ne cherche à voir dans cette particularité, une preuve démonstrative en faveur du vieux système d'Évhémère, si souvent renouvelé

(1) Précis du système hiéroglyphique, page 150.

de nos jours, et qui veut trouver l'origine des religions anciennes dans le culte de personnages humains divinisés: mais je me propose d'établir, dans un travail particulier, que cette apothéose des Pharaons, dont je retrouve la cause nécessaire dans le grand systême psychologique des Egyptiens, laissait toujours subsister un vaste intervalle entre les rois *sanctifiés* et les essences divines immortelles et incorporelles que l'Egypte honorait d'un culte public et général.

Toutes les statues dont je viens d'avoir l'honneur de vous entretenir, Monsieur le Duc, se rapportent ainsi aux Pharaons de la XVIIIe dynastie, ou au premier prince de la XIXe, directement issu de cette même famille. Ces statues et les stèles déja indiquées, *confirment* en même temps, dans toute la plénitude du mot, la table généalogique d'Abydos, en ce qu'elles nous présentent des monuments isolés et, selon toute apparence, contemporains pour la plupart, de presque tous les rois dont ce bas-relief nous a conservé la série des noms rangés selon l'ordre de leur succession.

Il resterait maintenant à examiner si les monuments de cette XVIIIe famille royale, existants dans la magnifique collection de S. M. le roi de Sardaigne, concordent avec la liste des rois de cette même dynastie, conservée dans les débris qui nous restent du grand ouvrage en trois volumes que le

célèbre Manéthon, prêtre égyptien, né à Sébennytus, et sur-intendant des choses sacrées, com-
posa en grec par l'ordre de Ptolémée Philadelphe,
sur l'histoire des dynasties égyptiennes antérieures
à Alexandre. Pour effectuer cette comparaison avec
une méthode rigoureuse, il nous faut seulement
trouver, et dans la *Table d'Abydos* et dans le *Canon*
de l'historien égyptien, un point de contact bien
évident, par exemple deux rois dont l'identité soit
bien prouvée. Ce moyen unique de contrôler la vé-
racité de Manéthon par le témoignage des monuments, et d'expliquer les variations que la différence des temps et celle du langage, ou toute autre
circonstance, ont pu introduire entre l'écrivain et
les inscriptions des temples et des monuments publics, s'offre naturellement à nous dès la première
inspection de la Table d'Abydos.

Et en effet, parmi les *prénoms* que renferme cet
important bas-relief, il en est un (Pl. II, n° 9 *a*, et le
17ᵉ cartouche dans la série du milieu), qui se rapporte incontestablement à un Pharaon dont la place
est marquée d'une manière très-claire dans la liste
des rois de la XVIIIᵉ dynastie, extraite de Manéthon et conservée dans les écrits d'Eusèbe et de
Georges le Syncelle. Ce cartouche *prénom* lié au
cartouche *nom propre* dans lequel on lit le nom
AMÉNOF, forme la légende inscrite sur le fameux
colosse de Memnon à Thèbes; j'ai aussi dit ail-

leurs (1) qu'une des inscriptions grecques attestant
d'abord que c'est bien là cette célèbre *statue parlante
de Memnon*, porte en même temps que le roi appelé
Memnon par les Grecs, se nommait PHAMÉNOF en
langue égyptienne; ce qui est bien le nom d'*Aménof* de la légende hiéroglyphique du colosse, affecté
seulement de l'article masculin *ph*. Nous lisons en
même temps, dans les extraits de Manéthon, que
le roi Egyptien que les Grecs confondirent avec leur
Memnon était le septième roi de la XVIIIe dynastie, roi qui porte en effet le nom d'Aménophis,
Ἀμένωφις, transcription grecque très-exacte du nom
d'*Aménof*, gravé dans les légendes hiéroglyphiques
du colosse.

Cette masse de faits, que j'indique d'une manière
très-rapide, nous donne ainsi un point de départ
d'une certitude évidente pour la concordance du
tableau d'Abydos avec les extraits de l'historien de
Sébennytus. Nous en pouvons déja conclure que
les *six cartouches prénoms* (Pl. I, nos. 8, 7, 6, 4,
3 et 1) de cette Table, placés avant celui d'*Aménophis-Memnon*, se rapportent aux six Pharaons
qui furent ses prédécesseurs immédiats dans le Canon de Manéthon.

Le prédécesseur d'Aménophis-Memnon, porte
sur les monuments comme dans l'historien précité,

_____

(1) Précis du système hiéroglyphique, page 236.

le nom de *Thoutmosis ;* nouvelle concordance à
remarquer; mais les cinq prédécesseurs de ce roi
que Manéthon dit être le père d'Aménophis-Memnon, sont appelés dans sa liste : *Miphra-Thoutmo-
sis*, *Miphra*, *Aménophis*, *Chébron* et *Amosis* ou
Thoutmosis ; tandis que les monuments sur lesquels
je viens de reconnaître les légendes royales de ces
mêmes souverains, les nomment *Aménophis*,
Thoutmosis, *Ammon-Mai*, *Thoutmosis* et *Amenof-
tèp ;* d'où il semblerait résulter que Manéthon n'est
pas exactement d'accord, quant aux noms propres
du moins, avec les monuments.

Une pareille discordance, fût elle même encore
plus marquée, n'empêche point que nous ne con-
naissions déja par les légendes royales des grands
édifices de l'Egypte et les inscriptions du Musée de
Turin scrupuleusement rapportées à la Table d'A-
bydos, les prénoms, les véritables noms propres
et l'ordre de la succession des sept premiers rois
(selon Manéthon) de la XVIIIe dynastie et de
quatre de leurs descendants, dont les prénoms
précèdent ou suivent celui d'Aménophis-Memnon
sur cette même Table. Ces précieuses connaissances
résultent en effet de documents du premier ordre,
et reposent sur une autorité au-dessus de laquelle
l'histoire ne saurait en admettre d'autre, celle des
monuments publics. Mais il est aisé d'établir que
Manéthon, quoique employant quelque fois des

noms différents, parle cependant des mêmes princes.

Si nous tenons compte de l'extrême divergence des historiens anciens dans les noms qu'ils donnent à la plupart des souverains de l'Egypte auxquels ils attribuent les mêmes exploits ou les mêmes travaux sous des noms totalement différents ; si nous considérons que le plus célèbre des Pharaons, le conquérant de l'Afrique et d'une portion de l'Asie, ne porte pas même, dans les listes royales extraites de Manéthon, le nom que tous les monuments élevés sous son règne nous présentent sans exception aucune, *Ramsès*, nom qui certes n'a aucun rapport avec ceux de *Sésostris*, *Séthosis*, *Sesoosis* par lesquels le désignent Hérodote, Strabon et Diodore de Sicile ; si nous remarquons surtout que le seul des historiens qui ait employé dans ses écrits le nom de *Rhamsès*, véritable nom propre du conquérant, est précisément Tacite, le moins ancien de tous, et cela parce que cet illustre écrivain ne parle que d'après les *traductions* faites par les plus âgés d'entre les prêtres de Thèbes, des *inscriptions hiéroglyphiques gravées sur les monuments* de cette capitale, *inscriptions* dont Germanicus leur demandait le contenu lorsqu'il visita ces antiques ruines : nous conclurons, avec toute raison, que les rois d'Egypte eurent à-la-fois plusieurs noms différents ; que le peuple put aussi, selon l'usage immémorial de l'O-

rient, leur donner des surnoms ou des titres distinctifs qui auront fini, comme nous en avons tant
d'exemples ailleurs, par prévaloir dans l'histoire
écrite sur les véritables noms propres eux-mêmes,
les seuls qu'on dût, de toute nécessité, inscrire sur
les monumens publics (1). Ajoutons aussi que ces
surnoms devenaient en quelque sorte indispensables
pour distinguer entre eux des princes qui portèrent
très-souvent le même *nom propre*; et ce besoin dut
en particulier se faire sentir relativement aux huit
premiers princes de la XVIII.ᵉ dynastie, qui tous,
d'après les monumens, n'eurent alternativement
que deux *noms propres*, ceux de *Thoutmosis* et
d'*Aménoftep*, ou *Aménof* qui n'en est au fond
qu'une simple abréviation.

Cinq de ces mêmes princes sur huit, portent
également, dans le Canon de Manéthon, les noms
de *Thoutmosis* et d'*Aménophis*, concordance très
remarquable, puisque ces deux noms, soit dans la
liste royale de Manéthon, soit sur les monuments,
sont exclusivement donnés aux premiers princes de
la XVIIIᵉ dynastie, ou à quelques-uns de leurs des-

(1) C'est ainsi que la plupart des rois Ptolémées sont désignés,
dans de graves historiens, par les seuls surnoms, quelquefois
très-peu honorables, tels que *Physcon*, *Aulète*, etc., que leur
donnait l'esprit caustique des Alexandrins; mais les monumens
publics ne désignent jamais ces mêmes princes que par leurs
véritables surnoms royaux.

6

cendants immédiats. Il devient évident que les noms
de *Chébron* et de *Miphra*, donnés par l'historien de
Sébennytus aux Pharaons que les monuments appellent Thoutmosis Ier et Thoutmosis IIe, sont ou
des *surnoms* employés à la place du nom-propre,
ou même la traduction et la prononciation des car-
touches-prénoms de ces princes, *prénoms* qui seuls
pouvaient les distinguer l'un de l'autre, puisqu'ils
avaient en commun le nom propre *Thoutmosis*. Ce
nom me semble au reste avoir été d'abord celui
de la famille entière.

J'ai déjà dit qu'un nombre immense de monuments de tout genre, rappelant la mémoire du
Pharaon nommé *Thoutmosis* II (Pl. II, n° 6 *a* et *b*)
dans les légendes hiéroglyphiques et *Miphra* ou
Miphrés dans les listes de Manéthon, prouve que
ce prince fut un des plus célèbres monarques de
l'ancienne Égypte. Les historiens grecs qui nous
ont conservé quelques détails sur les grandes actions
des vieux souverains de Thèbes et de Memphis,
désignent, parmi les plus illustres, *Osymandyas*,
Mœris et Sésostris. Manéthon seul parle d'un *Thoutmosis* qui chassa les pasteurs de l'Égypte, affranchit
son peuple et rétablit la monarchie; mais ce Pharaon libérateur est le chef même de la XVIIIe dynastie, le trisaïeul de ce *Thoutmosis IIe*. L'*Osymandyas* de Diodore est antérieur à cette même dynastie; *Sésostris* ou *Ramsès* appartient à la XIXe: il

reste donc à examiner si le *Thoutmosis II* des monuments et le *Miphra* de Manéthon, n'est point en effet le *Mœris* d'Hérodote, de Strabon et de Diodore de Sicile. Ce dernier historien ne met que l'intervalle de *sept générations* entre *Mœris* et *Sesoosis* (1) ou *Ramsès le Grand* (Sésostris); c'est donc en effet dans la XVIIIe dynastie que nous devons chercher Mœris. Or la somme des règnes entre *Thoutmosis II* et *Ramsès le Grand*, concorde assez exactement avec la durée des sept générations que Diodore place entre ces deux grands princes. Leur identité est encore mieux prouvée, par celle des noms de ΜΙΦΡΗΣ, ΜΕΦΡΙΣ, ΜΙΦΡΑ, ΜΑΡΗΣ, ΜΟΙΡΙΣ, ΜΥΡΙΣ, qui, privés de leur désinence grecque, et ramenés à leur forme égyptienne (Uαρн, Uοιρн, Uοιφρн) et prononcés *Marè*, *Mari*, *Mirè*, *Mœrè*, *Miphrè*, *Mœphri* ou *Miphra*, exprimeront toujours une seule et même idée, *donné par le Soleil*, *Don de Ré* ou de *Phré* (*Le-Soleil*), ce dernier nom recevant alors l'article. Le *Thoutmosis II* des monuments, appelé *Miphrès* par l'historien de Sébennytus, est donc ce fameux roi *Mœris* qui creusa le grand lac dans le nome des crocodiles, qui surpassa en magnificence tous ses prédécesseurs en élevant de superbes propylées dans Memphis, et dont j'ai reconnu les légendes royales sur les pilastres de granit à Karnac, sur

(1) Diod. de Sic., hist. liv. I, chap. 53.

6.

l'obélisque de saint Jean de Latran, enfin dans les
bas-reliefs de plusieurs grands temples de l'Égypte
et de la Nubie, sans compter la prodigieuse quantité d'amulettes qui portent soit son prénom soit
son nom propre. Ainsi Aménophis II, appelé à
tort *Memnon* par les Grecs, était arrière petit-fils
du Pharaon *Mœris*.

Manéthon donne pour successeur à *Aménophis-
Memnon* (l'Aménophis II des monuments et de cet
historien), un roi qui, comme le fils d'Isis et d'Osiris,
se nomma *Horus*: la Table d'Abydos et les monuments l'appellent en effet Hor-nem-nèb, c'est-à-
dire *Horus avec le Seigneur*, espèce de nom mystique dont je pourrais citer plusieurs autres exemples, et qui convenait d'autant plus à ce prince
que, d'après le témoignage de Manéthon lui-même,
ce Pharaon *avait vu les Dieux*, φησὶ, dit Josèphe,
τοῦτον (Ἀμενώφιν) ἐπιθυμῆσαι θεῶν γενέσθαι θεατήν, ὥσπερ
Ὧρ εἷς τῶν πρὸ αὐτοῦ βεβασιλευκότων (1).

La Table d'Abydos ne porte point le *prénom* de
la fille d'*Horus*, l'*Achenchersès* de Manéthon et la
reine *Tmauhmot* des monuments, d'abord parce
que les reines n'avaient point de *prénom*, et en
second lieu parce que cette Table contenant seulement la généalogie, par générations, de Ramsès II,
ou même celle de Ramsès VI (le Grand Sésostris),

(1) Josèphe contre Appion, liv. I.

elle ne devait point renfermer le nom de la reine Tmauhmot, puisque *Ramsès II*, ainsi que son quatrième successeur *Ramsès VI*, ou *Sésostris*, descendaient en ligne directe du Pharaon qui fut le *frère* et le *successeur* de cette reine, prince que Manéthon surnomme *Athoris* ou *Rathotis* : c'est le *Ramsès* Ier des monuments.

Les deux rois successeurs *d'Athoris* ou *Ramsès Ier*, portent un seul et même *nom*, celui de *Chenchérès* ou d'*Achenchérès* dans Manéthon. L'absence du prénom de l'un d'eux sur la table d'Abydos, nous autorise à croire que ces Pharaons étaient frères, et le fragment de Manéthon rapporté par Josèphe permet cette conjecture. Par une singularité très-remarquable, on trouve parmi les légendes royales gravées sur les différentes parties des palais de Karnac et de Louqsor à Thèbes, édifices contemporains de cette XVIIIe dynastie, celles de deux rois dont l'un se nommait *Ousireï* (Pl. III., n° 14 *b*), et l'autre *Mandoueï* (Pl. III, n° 15 *b*) tous deux prenant le titre de *serviteur de Phtha* et ayant en commun le *même prénom* royal (Pl. III, n°s 14 *a* et 15 *a*): ce sont là évidemment les deux *Achenchérès* de Manéthon, dont les noms sont aussi les mêmes, car ces légendes se trouvent, à Louqsor par exemple, entre les parties les plus anciennes du palais, décorées des noms royaux *d'Horus* et de son père *Aménophis II*, et des parties plus récentes couvertes des légendes de *Ramsès* II et de *Ramsès le Grand.* (1)

La seconde ligne de la table d'Abydos se termine par le PRÉNOM ET LE NOM PROPRE de *Ramsès II* (Pl. III, n° 16 *a* et *b*), que précède immédiatement le prénom commun aux rois *Ousireï* et *Mandouéï* les deux *Achenchérès* de Manéthon; et la troisième ligne de cette même Table ne contient plus, dans tout ce qui en reste du moins, que le PRÉNOM ET LE NOM PROPRE de Ramsès VI ou *Sésostris* (Pl. III, n° 20 *a* et *b*). Il y a ici, sans aucun doute, une lacune de trois règnes et l'on en doit nécessairement conclure de deux choses l'une, ou que la table royale s'arrêtait à Ramsès II dont les colonnes perpendiculaires d'hiéroglyphes placées à la droite du tableau, contiennent en effet aussi le nom propre, ou bien que le commencement de la troisième ligne, aujourd'hui fracturée, portait les cartouches des trois derniers rois de la XVIIIᵉ dynastie, successeurs immédiats de Ramsès II, et qui

---

(1) Je dois ce précieux document à l'amitié de M. Huyot, membre de l'Institut, qui m'a permis de puiser dans ses riches portefeuilles contenant les dessins et les plans des grands monuments de l'Égypte et de la Nubie, que ce savant architecte a étudiés à fond, et dont il a copié avec un soin scrupuleux les différentes légendes royales, en indiquant la place précise de chacune d'elles. Il serait du plus haut intérêt pour l'histoire, que le gouvernement encourageât la publication de ces importants matériaux.

étaient le bisaïeul, l'aïeul et le père de Ramsès le
Grand, chef de la XIXe dynastie. Dans la première
hypothèse, le nom de ce Ramsès le Grand aura
été sculpté postérieurement, au-dessous du tableau
contenant la généalogie de son trisaïeul Ramsès II.

Quoi qu'il en puisse être, les noms des princes de
la XVIIIe dynastie, dont les prénoms manquent dans
la Table d'Abydos telle que nous la possédons, soit
qu'elle n'ait point dû les contenir étant antérieure
à leur règne, soit qu'ils aient disparu par la fracture qui existe au commencement de la 3e division,
nous sont parfaitement connus par les nombreuses
inscriptions gravées sur les édifices construits pendant leur règne, et ces noms sont *semblables* et
sur les monuments et dans les extraits de Manéthon.
D'après Jule l'Africain, Eusèbe et le Syncelle, qui se
disent les copistes fidèles de l'historien égyptien, les
quatre derniers Pharaons de la XVIIIe dynastie,
portent, dans les divers extraits, les noms d'Armès, Armaïs, Armessès, Ramessès, qui ne sont
que des corruptions ou des transcriptions plus ou
moins exactes d'un seul et même nom propre,
celui de *Ramsès* donné successivement à ces quatre princes dans leurs légendes hiéroglyphiques
inscrites sur les grands monuments de l'Égypte
J'ai déjà fait remarquer ailleurs (1) d'après Mané-

(1) Précis du système hiéroglyphique, page 225.

thon lui-même, que le dernier Pharaon de la
XVIIIᵉ dynastie, nommé Ἀμενώφις dans les divers
extraits, s'appelait aussi *Ramsès*, comme son fils
Séthos, *Sésostris* ou Ramsès VI.

Nous avons donc le supplément de la Table d'A-
bydos dans ces monuments, *Ramsès III* (le Ramessès de Manéthon) Pl. III, n° 17 *a* et *b*; *Ramsès IV-
Méiamoun* (le Ramessès Meiamoun de Manéthon)
Pl. III, n° 18 *a* et *b*, et *Ramsès V* (l'Aménophis
de Manéthon) Pl. III, n° 19 *a* et *b*; *Ramsès VI*,
Sésostris lui succéda comme chef de la XIXᵉ dynastie (Pl. III, n° 20 *a* et *b*) : le nom de sa femme,
la reine *Ari*, ou plutôt *Nané-Ari*, le suit immédiatement sur la planche III, au n° 21.

Le parallèle que je viens d'établir entre la Table
d'Abydos et l'extrait du texte de Manéthon relatif à
la XVIIIᵉ dynastie Égyptienne, démontre donc de
plus en plus l'authenticité de l'une, qu'il était d'ailleurs bien difficile de contester, et l'exactitude rigoureuse de l'écrivain qui ne s'en éloigne seulement
que par quelques différences de noms introduits
dans son livre à la place des noms propres inscrits
sur les temples et les statues.

Le véritable objet de ce tableau généalogique
s'explique donc aujourd'hui très-clairement, et la
comparaison des règnes donnés par Manéthon,
avec l'ordre et le nombre des cartouches prénoms
de la Table d'Abydos, démontre qu'elle est pure-

ment *généalogique*, et très-vraisemblablement
qu'elle fût faite pour le roi Ramsès II, l'*Armais* ou
Armès de Manéthon. Cet historien compte en effet
le règne de ce prince comme le 14ᵉ de la XVIIIᵉ dynastie, et la Table d'Abydos, pour le même espace
de temps, ne donne que onze cartouches, parce
que la reine Amensé étant la *sœur* du roi Aménophis (l'Ammon - Mai des monuments), le roi Rathotis, (Ramsès Iᵉʳ des monuments) étant le *frère*
de la reine Anchenchrès (Tmauhmot des monuments), et les deux Anchenchrès (Ousireï et Mandoueï des monuments avec le même prénom), étant
frères l'un de l'autre, la table généalogique ne devait indiquer que l'un ou l'autre, ou le plus ancien
de ces frères ou sœurs, afin de ne pas doubler les
générations par les *règnes* des personnages du
même degré de parenté. Ainsi s'explique donc en
effet la véritable nature de ce précieux tableau,
dont les monuments démontrent le but réel, et
toute l'exactitude en ce qui concerne la XVIIIᵉ dynastie des Pharaons. Il ne sera pas d'un moindre
secours pour les monuments royaux des dynasties
précédentes, si le hasard en ramène un certain
nombre à la lumière. Mais il n'existe jusqu'ici que
quelques stèles funéraires isolées, portant des cartouches de rois et des dates de leur règne : la Table
d'Abydos a déjà déterminé d'avance leur véritable
place chronologique.

En la rapprochant des monuments, et de la comparaison de ceux-ci avec les auteurs, on tire donc quelques résultats positifs et d'une assez grande importance pour l'avancement de l'étude de l'antiquité, puisqu'ils accroissent d'une période de quatre siècles la série des temps historiques connus et monumentalement prouvés, toutefois postérieurs à l'époque d'Abraham.

Vous accordez, Monsieur le Duc, quelque intérêt aux débris des arts et de la civilisation de ce peuple que l'antiquité grecque regarda comme l'instituteur des nations de l'Occident; votre esprit aime à se reporter vers ces anciennes époques où, au milieu de formes sociales si différentes des nôtres, les principes des sciences furent découverts, où le raisonnement tenta pour la première fois de pénétrer le secret de la nature du monde et de son créateur, et, ne pouvant saisir que les rapports nécessaires entre l'un et l'autre, s'efforça du moins d'établir et de coordonner le culte dû à l'Être incompréhensible dont l'essence échappait à sa faiblesse; vers ces temps, enfin, où se montrèrent à l'œil étonné les premiers produits réguliers, disons aussi peut-être même les premiers chefs-d'œuvre de la sculpture et de l'architecture. J'ai donc pensé qu'en faveur de cet intérêt si éclairé, vous excuseriez les longs détails auxquels j'ai été forcément conduit dans ces recherches, dont le but est d'abord de faire dignement apprécier les monuments que renferme le Musée royal de Turin, et en second lieu de restituer à l'histoire l'une des plus anciennes et des plus illustres des dynasties égyptiennes.

Les planches qui accompagnent cette lettre vous présenteront sucessivement, Monsieur le Duc, les *prénoms et les noms propres* des quinze rois de la XVIIIe dynastie, et les cartouches de quatre reines, dont deux, *Aménsé* mère de Thoutmosis II, et *Tmauhmoi* fille du roi Horus, ont occupé le trône et exercé directement le pouvoir souverain.

Les cartouches marqués d'un astérisque et qui sont tous des *prénoms* à l'exception du dernier, se trouvent, et dans le même ordre, sur la *Table d'Abydos*, dont on peut se former une idée exacte en rapprochant ces *prénoms* sur une seule ligne et par la suppression des cartouches *noms propres* tirés des monuments et toujours liés à ces mêmes *prénoms*. J'ai placé à la suite de cette dynastie, la légende royale de *Ramsès le Grand*, premier roi de la XIXe, et celle de la reine sa femme ; un *croissant* désigne ceux des princes dont il existe des statues, des stèles, ou tout autre genre de monuments dans le Musée de Turin. Enfin la *Notice chronologique* qui suit cette Lettre, et qui a été rédigée par mon frère, place tous ces princes sur l'échelle des temps antérieurs à l'ère chrétienne: cette notice était un complément nécessaire de mes recherches.

Je me propose, Monsieur le Duc, d'avoir l'honneur de vous entretenir, dans ma prochaine Lettre, de plusieurs autres monuments relatifs soit à ces mêmes Pharaons, soit aux rois des autres dynasties qui régnèrent après l'extinction de cette illustre famille, sous laquelle l'Égypte recouvra son indépendance et reprit son rang politique dans cet ancien monde civilisé, encore si imparfaitement connu, et qui nous semble si voisin de l'origine de la race humaine et du commencement des temps.

Je vous prie d'agréer, Monsieur le Duc, le nouvel hommage de mon respectueux dévouement.

Turin, Juillet, 1824.

J. F. CHAMPOLLION LE JEUNE.

NOTICE CHRONOLOGIQUE

DE LA XVIIIe DYNASTIE ÉGYPTIENNE DE MANÉTHON.

Le Canon chronologique des rois d'Égypte, ré-
digé par Manéthon de Sebennytus, grand-prêtre et
scribe sacré en Égypte sous Ptolémée Philadelphe,
et d'après les archives des Temples comme il le di-
sait lui-même, nous a été conservé, soit en entier
soit en extraits, par ses antagonistes, et l'un d'eux,
Josèphe, l'historien des Juifs, remonte au premier
siècle de l'ère chrétienne. Cette époque et les circonstances qui ont fait transcrire dans divers ouvrages les listes de Manéthon, dans le but général
de les critiquer, autorisent à croire que le texte
même de l'historien Manéthon contenait bien ce
qu'en rapportent textuellement Josèphe, Jule l'Africain, Eusèbe et Georges le Syncelle. C'est une circonstance assez rare à l'égard d'un écrivain ancien,
que de trouver des motifs de confiance en ses
écrits, dans l'intention même qui les a fait parvenir
jusqu'à nous par les soins de ses contradicteurs.

Manéthon donnait la liste successive de trente et
une dynasties égyptiennes, depuis le roi Ménès qui,
selon la tradition qu'il suivait, succéda aux demi-

dieux, jusques à Alexandre qui succéda aux Perses, et fut le chef de la XXXIIe dynastie, celle des rois macédoniens.

Dans l'extrait de Manéthon transcrit par Eusèbe dans sa Chronique, les seize premières dynasties ne sont désignées, pour la plupart, que par le nombre de leurs rois et par le total des années de leurs règnes. La XVIIe dynastie est celle des Pasteurs, de ces *Hicshos* qui ravagèrent l'Egypte, incendièrent ses villes, opprimèrent ses habitants, réduisirent les femmes et les enfants en servitude, et dans lesquels néanmoins Josèphe veut, à toute force, reconnaître les ancêtres de sa nation, afin d'en relever l'antique existence. Ces rois firent de la ville d'Aouaris le boulevard de leur puissance; leurs soldats en sortaient pour parcourir l'Égypte au nord de Memphis, et y chercher du butin. Enfin après une domination de quelques siècles, ils furent attaqués avec succès par un roi égyptien que Manéthon nomme Misphragmouthosis. Chassés de toutes les parties de l'Égypte, ils n'eurent d'autre refuge que leur ville d'Aouaris. Le roi Thoutmosis, fils de Misphragmouthosis et lui succédant, continua le siège de cette place avec des forces immenses; un traité mit fin à cette guerre, et les Pasteurs quittèrent l'Egypte avec leurs familles et leurs troupeaux, pour se rendre en Syrie.

Manéthon ajoute que ce même Thoutmosis régna vingt-cinq ans et quatre mois après l'expulsion des Pasteurs, et qu'il fut le chef de la XVIIIe dynastie égyptienne, dite des *Diopolitains;* il donne ensuite la liste de ses successeurs, avec la durée de leur règne exprimée par années et par mois. La voici d'après le texte de Manéthon, conservé par Josèphe (1), et tiré ensuite de celui-ci par Eusèbe et les autres chroniqueurs anciens :

	ans	mois
1. Thoutmosis (Ier), le fils de Misphragmouthosis, régna, après l'expulsion des pasteurs.........	25	4
2. Chébron, son fils.....................	13	»
3. Aménophis (Ier)...................	20	7
4. Amensès, sœur d'Aménophis...........	21	9
5. Miphrès, fils d'Amensès..............	12	9
6. Misphramouthosis, son fils............	25	10
7. Thoutmosis (II)...................	9	8
8. Aménophis (II), son fils.............	30	5
9. Horus, son fils...................	36	5
10. Akenchrès, fille d'Horus............	12	1
11. Rathotis, frère d'Akenchrès..........	9	»
12. Akenchrès, fils de Rathotis...........	12	5
13. Akenchrès, (fils?) du dernier.........	20	3
14. Armaïs, son fils..................	4	1
15. Ramessès, son fils................	1	4
16. Ramessès Meiamoun, son fils.........	66	2
17. Aménophis (III.), son fils...........	19	6
	340	7

Le total des règnes des dix-sept rois de la XVIIIe dynastie s'élève donc à trois cent quarante ans et

(1) Livre premier contre Appion.

sept mois d'après la liste et les nombres de Manéthon, tels qu'ils sont conservés dans les éditions
de Josèphe.

Toutefois Eusèbe, dans le texte grec et la version
arménienne de sa Chronique (1), porte le total de
la durée de cette dynastie, et d'après Manéthon
qu'il a copié (2), à trois cent quarante-huit ans. La
Vieille Chronique, dont le texte a été conservé par
le Syncelle (3), donne aussi le même nombre de
trois cent quarante-huit ans; rien ne s'oppose donc
à ce qu'il soit adopté, surtout puisque, 1º Thoutmosis, le premier roi de cette dynastie, avait déja
régné quelque temps *avant* l'expulsion des Pasteurs,
Manéthon déclarant formellement qu'il régna encore vingt-cinq ans et quatre mois *après* que ces
étrangers eurent quitté l'Égypte (4); 2º qu'avant
cette délivrance de l'Égypte, Thoutmosis avait conduit une armée de quatre cent quatre-vingt mille
hommes contre les Pasteurs renfermés dans la ville
d'Aouaris; qu'il essaya vainement de l'emporter
d'assaut; que ce ne fut qu'après en avoir reconnu
l'impossibilité par des tentatives infructueuses, que
ce Pharaon se décida à proposer aux Pasteurs un
traité d'évacuation, et que c'est de la pleine et

(1) Edit. Venet., 1818, pag. 215.
(2) *Ibidem*, page 200.
(3) Chronogr., page 51.
(4) Joseph. *loco cit*.

entière exécution de ce traité, que datent les vingt-cinq ans et quatre mois du règne de Thoutmosis(1). On pourrait donc lui attribuer les sept années et cinq mois qui manquent à la somme donnée par Josèphe, pour arriver aux trois cent quarante-huit ans que Manéthon et la *Vieille Chronique* donnent à la durée de la XVIIIe dynastie. Mais le texte Arménien de la chronique d'Eusèbe, en rapportant le même passage de Manéthon (2), donnant, outre quelques autres variations de nombres peu importantes, deux années et deux mois de plus au règne du roi Horus, trente-huit ans sept mois au lieu de trente-six ans cinq mois, on peut adopter aussi ce même nombre de trente-huit ans sept mois, sinon comme le plus certain des deux, du moins pour diminuer la chance de l'erreur que l'on pourrait commettre en donnant à Thoutmosis les sept années et cinq mois entiers qui sont la différence entre les trois cent quarante ans sept mois du texte de Josèphe, et les trois cent quarante-huit ans d'Eusèbe et de la Vieille Chronique. On peut donc porter le règne entier de Thoutmosis, depuis son avénement jusqu'à sa mort, à trente ans sept mois, et celui du roi Horus à trente-huit ans sept mois, comme le donne le texte Arménien d'Eusèbe. En

(1) *Ibidem.*

(2) Edit. Venet., pag. 231.

7

divisant cette différence, nous croyons approcher davantage de la vérité. Du reste, l'exactitude de Manéthon dans ce fragment rapporté dans les divers textes de Josèphe, est démontrée par les détails même qu'il contient et sur la filiation des rois entre eux, et sur la durée de leur règne respectif, indiquée en années et en mois. On a bien rarement d'aussi positifs renseignements sur des faits d'une pareille antiquité.

On y trouve donc la liste complète des rois de cette XVIIIe dynastie, la plus célèbre dans l'histoire par les grands événements qui en furent contemporains, l'expulsion des Pasteurs, là restauration de la monarchie égyptienne; la construction des plus beaux édifices de Thèbes et de la Nubie, la sortie des Hébreux de l'Égypte sous la conduite de Moïse, et l'émigration en Grèce des colonies égyptiennes de Danaüs. Bien des incertitudes existent encore sur les époques précises de ces faits importants. Notre intention n'est point de les discuter ici; nous ne cherchons qu'à reconnaître d'une manière aussi certaine qu'il est possible, les temps où florissait l'Égypte sous la grande dynastie dont les monuments et les auteurs nous font connaître tous les princes. Les événements dont nous venons de parler s'y placeront ensuite avec plus de vérité; et si, dans la masse considérable des documents divers, quelquefois contradictoires, qui nous restent

de l'antiquité classique, il est possible de trouver
un point certain, immuable de sa nature, auquel on
puisse rattacher tous les autres de cet espace, ce
sera sans doute, sinon avoir atteint pleinement le
but, du moins s'en être approché d'une manière
satisfaisante à l'égard d'époques aussi reculées. Une
seule certitude, dans un aussi long intervalle de temps
que celui qu'embrasse la chronologie égyptienne,
peut suffire aussi pour y porter quelque lumière,
et pour ranger en même temps, sur une échelle
commune à l'histoire générale, des faits nombreux
dont les époques diverses ne nous sont bien connues
que dans leur éloignement réciproque.

La période Sothiaque, période d'institution égyptienne, connue aussi sous le nom de cycle cynique
dans la Vieille Chronique, et qui se composait de
1461 années vagues de 365 jours, équivalant,
dans le calendrier civil, à 1460 années fixes de
365 jours et un quart, peut fournir une des clefs
de ces énigmes chronologiques. On connaît avec
certitude l'année Julienne de celui des renouvel-
lements de cette période célèbre, qui s'est opéré
au second siècle de l'ère chrétienne. On croit aussi
que l'invasion des Pasteurs en Egypte eut lieu la
sept centième (1) année du cycle qui avait précédé celui qui finit dans ce même second siècle

(1) Georg. Sync. *Chronogr.* page 103, édit. Reg.

7.

de notre ère. On pourrait donc, en se fixant d'abord
sur la durée réelle de la domination de ces Pasteurs
en Égypte, descendre par les listes et la durée
des règnes de Manéthon, de cette invasion à celle
de Cambyse. Mais, ne considérant ici que les
temps de la XVIIIe dynastie, dont le premier roi
chassa les Pasteurs, nous devons, sans renoncer
à cet élément de la question, en préférer un autre
non moins certain, et plus voisin de l'époque
dont il sagit. C'est Théon d'Alexandrie qui nous
l'a conservé.

Le manuscrit grec n° 2390 de la Bibliothèque du
roi, qui contient le commentaire de Théon sur
l'Almageste de Ptolémée, ses Tables Manuelles et
divers autres opuscules, renferme, aux feuillets 154
et 333, un passage important pour la chronologie,
passage déja publié et traduit par feu M. Larcher,
dans ses notes sur Hérodote (1). Ce texte précieux
donne une règle de calcul pour trouver l'époque
du lever héliaque de Syrius à la centième année
de Dioclétien. « Prenons, dit Théon, les années
« écoulées depuis *Ménophrès* jusqu'à la fin d'*Au-*
« *guste* ; elles donnent pour somme 1605 : joi-
« gnons-y, depuis le commencement de *Dioclé-*
« *tien*, cent années; nous aurons en tout 1705, etc.
« Λαμβάνομεν τὰ ἀπὸ Μενοφρέως ἕως τῆς λήξεως Αὐγούστου.

(1) Tome II de la 2e édition, 1802, page 553.

« Ὁμοῦ τὰ ἐπισυναγόμενα ἔτη ͵αχε′, οἷς ἐπιπροστιθοῦμεν τὰ
« ἀπὸ τῆς ἀρχῆς Διοκλητιανοῦ ἔτη ρ′, γίνονται ὁμοῦ ἔτη ͵αψε′. »
Comme *Dioclétien* n'a pas régné cent ans, on voit,
ainsi que par l'ensemble du texte, que le nom de
cet empereur n'est là que l'indication de l'ère qu'il
établit en Égypte ; cette manière d'écrire est fami-
lière à Théon et à d'autres chronologistes grecs ;
il en est de même du nom d'*Auguste*, qui changea
le calendrier civil des Égyptiens, et institua aussi
une ère réglée par ce calendrier ; il en sera donc
de même du nom du roi *Ménophrès*. Or, l'on sait
que l'ère de Dioclétien commença en Égypte le
29 août de l'an 284 de l'ère chrétienne ; que l'ère
d'Auguste y avait été établie pour le 29 août de
l'an 25 antérieur à cette ère ; d'après le texte de
Théon, l'ère d'Auguste et celle de Ménophrès fai-
saient ensemble 1605 ans ; si l'on en déduit les
283 ans de l'ère chrétienne qui précédèrent le
commencement de Dioclétien, on remonte à l'année
1322 avant J. C. comme le commencement de l'ère de
Ménophrès, et cette année 1322 est généralement
reconnue, d'après le texte formel de Censorin (1),
comme celle du renouvellement du cycle cynique
de 1460 ans fixe, qui finit l'an 138 de l'ère chrétienne, ainsi que l'a dit ce dernier auteur. Théon
entend donc par *Ménophrès* un commencement

(1) *De die natali*, cap. 21.

du cycle cynique; ce commencement eut donc
lieu durant le régne de ce Ménophrès : ce régne,
rapporté à l'année Julienne, demeure donc un point
certain, et comme un jalon fixe dans la chronologie égyptienne.

L'ensemble des listes de Manéthon nous fait reconnaître *Ménophrès* dans le troisième roi de la
XIXe dynastie, que les textes grec, arménien et
latin d'Eusèbe, d'après Manéthon, nomment *Am-
ménephtès* et *Aménophès* (1).

Divers copistes donnent à ce roi tantôt vingt
ans de règne, tantôt quarante ans; mais le texte
grec, le texte arménien et le texte latin d'Eusèbe,
tous les trois très-anciens, s'accordent sur le nombre quarante, que justifie le total de la durée des
règnes de cette XIXe dynastie, le grec et l'arménien d'Eusèbe, le Syncelle et Jule l'Africain portant uniformément le total de ces règnes à cent
quatre-vingt quatorze ans, comme la *Vieille Chronique.* Le nombre quarante, pour le règne de Ménophrès, est donc le seul authentique, le passage
même où Eusèbe l'a remplacé par le nombre vingt,
exigeant cette correction.

L'année 1322 julienne antérieure à l'ère vul-

(1) M. Larcher a voulu y reconnaître *Sésostris*; nous ne nous
permettrons pas de relever de point en point l'erreur de ce
célèbre érudit, et nous renvoyons au texte même de sa notice,
Hérodote en français, tome II, page 559, seconde édition.

gaire, correspond ainsi a l'une des quarante années
du règne de Ménophrès. Cet intervalle est immense
lorsqu'il s'agit de déterminer les époques particulières des règnes de rois qui ont été eux-mêmes
contemporains de quelques-uns des plus mémo-
rables événements de l'histoire ancienne, puisque
l'incertitude de l'époque de ces règnes serait aussi
de quarante ans. On doit donc s'efforcer de le diminuer s'il est possible, afin d'arriver à une plus
juste détermination du temps de ces événements. Il
nous a semblé reconnaître dans les anciens, quelques éléments authentiques de cette réduction, si
désirable d'ailleurs dans l'intérêt du but qu'on s'est
proposé dans cette notice, et c'est le cycle cynique
qui fournira encore ces nouveaux éléments.

Manéthon, dans le fragment de la seconde partie
de son Histoire, cité textuellement par Josèphe en
son premier livre contre Appion, raconte que l'invasion de l'Égypte par les Pasteurs, eut lieu sous
le Pharaon *Timaus*; George le Syncelle nomme ce
même roi *Concharis* (1); et comme Manéthon et le
Syncelle entendent également parler du roi que les
Pasteurs attaquèrent, la synonymie de ces deux
noms ne peut être douteuse. Le Syncelle ajoute,
d'après Manéthon, que l'année de l'invasion de ces
Pasteurs était la sixième du règne de Concharis,

(1) *Chronogr.*, page 103.

et la sept centième du cycle appelé cynique. Il indique en ce lieu la sept centième année du cycle
qui finit sous le roi Ménophrès dont parle Théon;
et il ne reste qu'à savoir, au moyen de la durée
des règnes postérieurs à la mort de Concharis, sur
quelle année du règne de Ménophrès tombe la dernière des sept cent soixante qui accomplirent le
cycle antérieur à celui qui commença sous ce dernier roi.

Après Concharis, ou Timaüs, dit Manéthon (1),
régnèrent les rois des *hykshos* ou des pasteurs. L'historien de l'Egypte n'en nomme que six, dont la totalité des règnes, indiqués par les années et par les mois
de la durée de chacun d'eux, donne deux cent cin-
quante-neuf ans, onze mois. Si l'on sépare soigneuse-
ment le texte de Manéthon, transcrit par Josèphe, de
ce que Josèphe fait dire ensuite à Manéthon dans
l'intérêt de sa propre opinion et du but évident qu'il
se propose, celui d'exalter les antiquités de sa nation d'après les passages des écrivains profanes qu'il
interprète, on pourra se convaincre que ces six
rois Pasteurs, et les 260 années que Manéthon leur
donne pour la durée de leur règne, sont les seuls
de ces rois et le seul intervalle de temps que Manéthon *ait admis dans sa chronologie égyptienne*,
entre le roi Timaus, qui fut la victime de l'invasion

(1) Joseph. cont. App., liv. I.

des Pasteurs, et le roi Thoutmosis ou Amosis, qui les chassa définitivement de l'Egypte, et qui fut le chef de la XVIIIe dynastie.

Nous trouvons donc avec beaucoup de probabilité, et toujours selon le système de Manéthon :

Années du cycle.

1° Fin du règne de Concharis, la 6e année de ce règne répondant à la 700e du cycle, ci.. 700

2° Durée du règne de six rois Pasteurs........ 260

3° Durée de la XVIIIe dynastie............ 348

4° Règne de Sésostris, Ier roi de la XIXe dynastie .... 55⎫
⎬(1)
5° Règne de Ramsès, IIe roi auquel Ménophrès succéda................................ 66⎭

____

1429

Le cycle s'accomplit donc sous le règne de Ménophrès, comme le dit Théon, et dans la 31e année du règne de ce roi, second successeur de Sésostris, ci................... 31

____

Somme égale à la durée du cycle.... 1460

Ainsi la trente-deuxième année du règne de Ménophrès, répondit à l'année 1322 antérieure à l'ère chrétienne, qui fut celle du renouvellement du cycle dont le rapport formel de Censorin indique la fin à l'an 138 de l'ère chrétienne.

Appliquant ces données à la chronologie de la

(1) Tous les textes d'Eusèbe s'accordent sur ces deux nombres.

XVIIIe dynastie égyptienne, on trouve, en remontant, les concordances suivantes :

	Années des règnes.	Années avant l'ère chrétienne.
1° Trente-deuxième année du règne de Ménophrès.................	»	1322
2° Les trente-une années précédentes du même règne...............	31	1353
3° Les deux règnes des deux prédécesseurs de Ménophrès............	121	1474
4° Durée des dix-sept règnes de la XVIIIe dynastie...............	348	1822

Procédant dans l'ordre direct des temps, la chronologie de la XVIIIe dynastie égyptienne se trouvera déterminée dans le tableau suivant. Il présente à la fois, 1° les noms des princes de cette dynastie d'après les monuments du Musée royal égyptien de Turin, décrits dans cette première Lettre de mon frère ; 2° les noms de ces mêmes princes d'après les chronologistes anciens, dont les variétés de dénomination sont ramenées à l'orthographe qui a paru la plus admissible ; 3° la durée de leur règne respectif ; 4° l'époque de ces règnes en style julien :

XVIIIe DYNASTIE.

NUMÉRO d'ordre.	NOMS DES ROIS écrits sur leurs monuments.	NOMS DES ROIS selon les chronologistes anciens.	DURÉE de leur règne.		COMMENCEMENT en style Julien.
			ans.	m.	Années avant l'ère chrétienne.
1.	Aménoftèp.	Amosis, Thoutmosis, fils de Misphra-Thoutmosis.	30	7	1822^e
2.	Thoutmosis (I).	Chébron, son fils.	13	»	1791^e
3.	Ammon-Mai.	Aménophis (I).	20	7	1778^e
4.	Amensè.	Amensès, sa *sœur*.	21	9	1757^e
5.	Thoutmosis (II).	Miphrès, Miphra, Mœris, son fils.	12	9	1736^e
6.	Aménophis (I).	Miphra-Thoutmosis, son fils.	25	10	1723^e
7.	Thoutmosis (III).	Thoutmosis, son fils.	9	8	1697^e
8.	Aménophis (II).	Aménophis (II).	30	5	1687^e
9.	Hôr.	Horus, son fils.	38	7	1657^e
10.	Tmauhmot.	Akenchersès, sa *fille*.	12	1	1618^e
11.	Ramsès (I).	Rathotis, Athoris, son *frère*.	9	»	1606^e
12.	Ousireï.	Achenchérès, son fils.	12	5	1597^e
13.	Mandoueï.	Achenchérès, son *frère?*	20	3	1585^e
14.	Ramsès (II).	Arinaïs, Armès, son fils.	4	1	1565^e
15.	Ramsès (III).	Ramessès, son fils.	1	4	1561^e
16.	Ramsès (IV) Méiamoun.	Ramessès-Meiamoun, son fils.	66	2	1559^e
17.	Ramsès (V).	Aménophis-Ramessès (III), son fils.	19	6	1493^e
			348	7	

XIXe DYNASTIE.

Ramsès VI, fils de Ramsès V.	Séthos, Ramessès (Sésostris).	55	1473^e

Tel est le résultat qui m'a paru procéder à-la-fois des monuments connus et du texte comparé des auteurs anciens. Quelques variations dans la durée

de quelques règnes apporteront peut-être de légers
changements dans l'indication des époques chronologiques exposées dans ce tableau; mais l'ensemble des faits ne pourra, ce nous semble, en
éprouver une variation bien sensible. Je me suis
appliqué à les reproduire selon leur expression la
plus naturelle : celle-ci a semblé devoir être la plus
certaine, surtout les nombres que j'ai employés
étant tels que les anciens les ont faits, et dans le
même but.

On remarquera sans doute que je ne suis ici que
le texte de Manéthon, sans emprunter l'autorité
des historiens étrangers à l'Égypte. D'autres écrits
parlent aussi des Pharaons et des Pasteurs, mais dans
un système différent. Je ne prononce pas entre ces
autorités si diverses; je m'attache à expliquer les
Annales de Manéthon par lui seul et par le témoignage des monuments. Il est certain qu'il n'a inscrit dans son Canon chronologique que six rois
Pasteurs dont il forme la XVIIe dynastie égyptienne; tous ses copistes le prouvent : c'est donc la
chronologie de Manéthon même que j'expose ; et
en rattachant celle de la XVIIIe dynastie au seul
renouvellement du cycle cynique sous Ménophrès,
époque d'une certitude évidente, les temps de
cette illustre dynastie égyptienne se trouvent dès
lors historiquement déterminés.

Si d'autres monuments, et il en est déja quel-

ques-uns, viennent éclairer l'histoire des dynasties suivantes, je m'empresserai de les recueillir,
et de les appliquer le plus régulièrement possible
à la détermination de l'époque et de la durée de ces
dynasties. On pourra peut-être reconstruire ainsi,
avec quelque certitude, les annales de l'Egypte
pour les faits contemporains des principales époques de l'histoire sacrée. Ce sera concourir assez
directement à remplir de grandes lacunes dans le
vaste tableau de l'ancienne civilisation et de toutes
les origines.

J.-J. CHAMPOLLION-FIGEAC.

Paris, Août, 1824.

Pl. II.

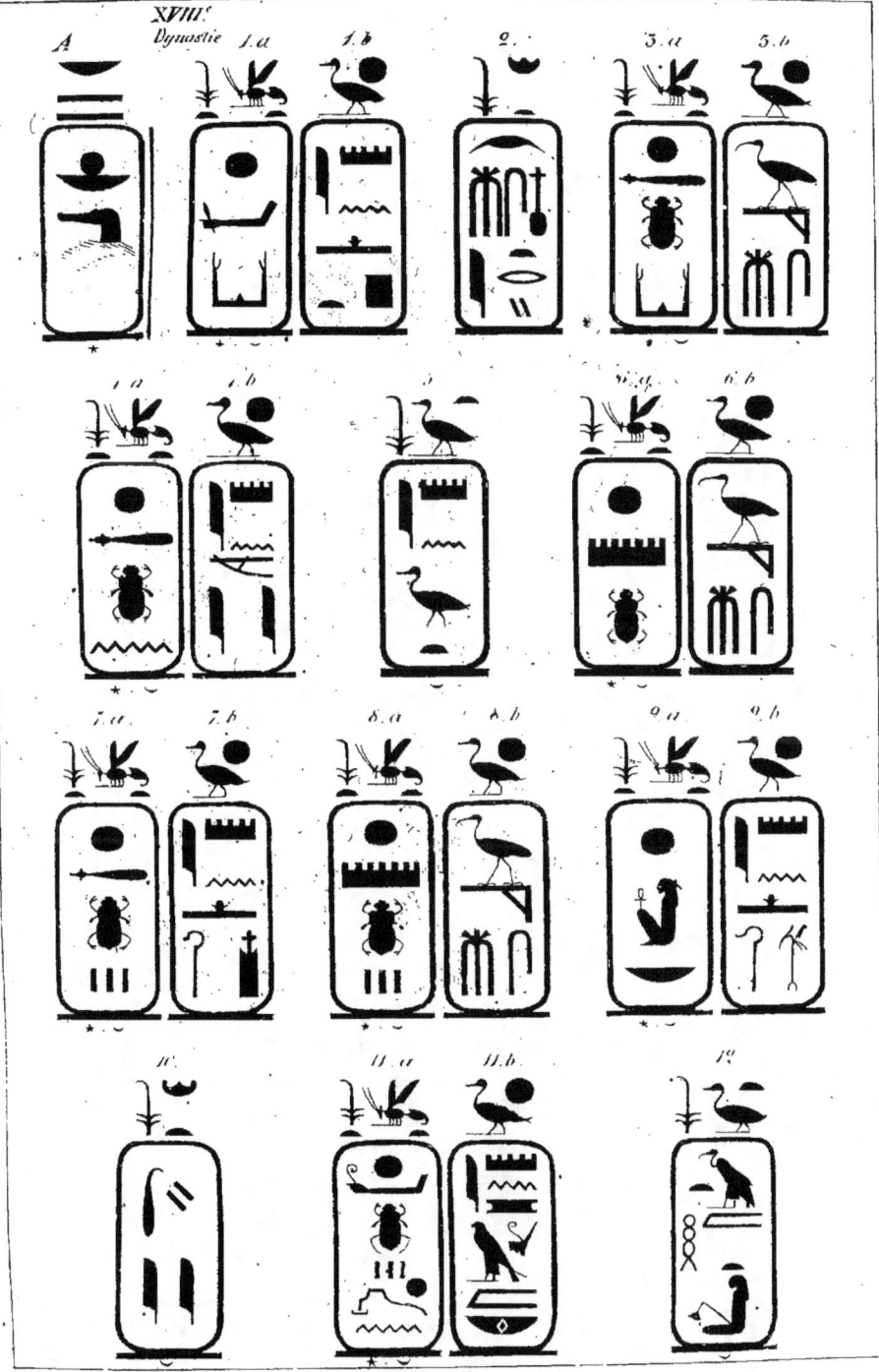

Pl. III.

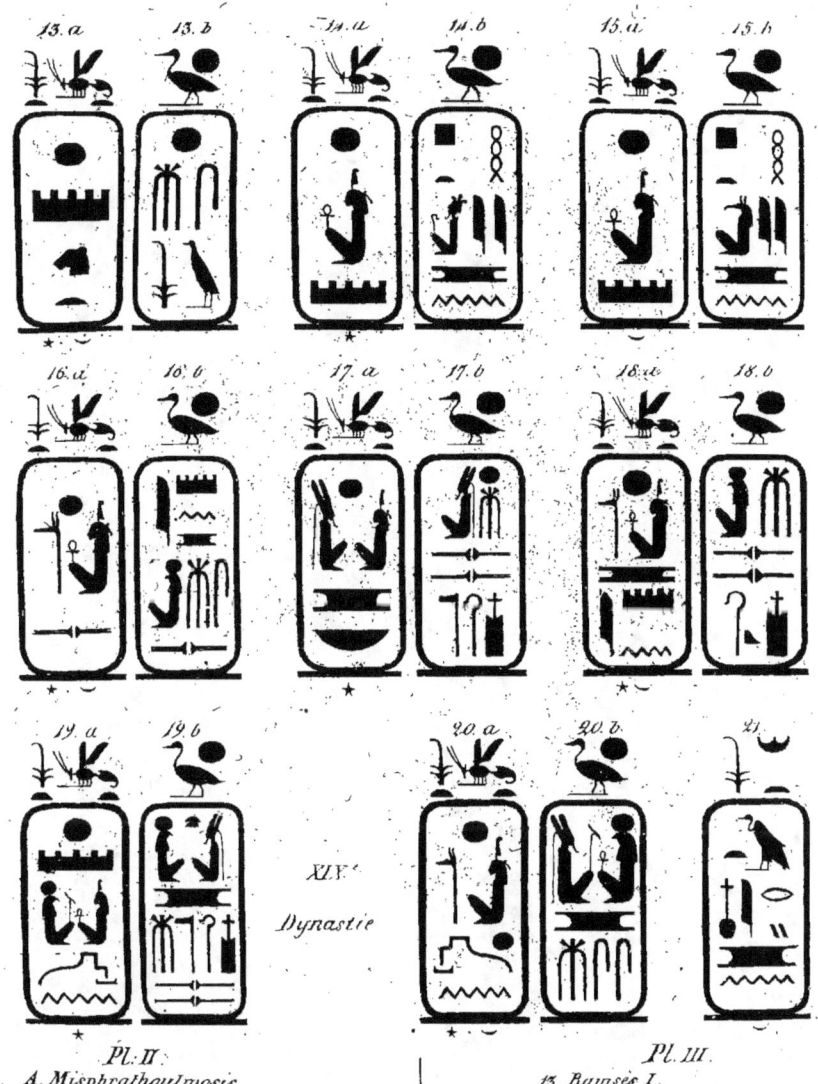

XLV
Dynastie

Pl: II.

A. Misphrathoulmosis.
1. Aménoftep.
2. Nané-Atari, sa femme.
3. Thoutmosis I.
4. Ammon-mai.
5. Amense, sa sœur.
6. Thoutmosis II. (Mœris).
7. Aménophis I.
8. Thoutmosis III.
9. Aménophis II. (Memnon).
10. Taïa, sa femme.
11. Hôrus.
12. Tmauhmot, sa fille. (Pl. I).

Pl. III.

13. Ramsès I.
14. Ousireï.
15. Mandoueï.
16. Ramsès II.
17. Ramsès III.
18. Ramsès IV Méïamoun.
19. Ramsès V.
20. Ramsès VI (Sésostris).
21. Nané-Ari, sa femme.

LETTRES

Relatives

AU MUSÉE ROYAL ÉGYPTIEN

DE TURIN.

———

SECONDE LETTRE.

IMPRIMERIE DE FIRMIN DIDOT,
IMPRIMEUR DU ROI, RUE JACOB, N.° 24.

ERRATA.

Page   17, ligne 16, τῶν, *lisez :* τὸν.
116, ligne 4, n° 23, *lisez :* 23 *bis.*

www.ingramcontent.com/pod-product-compliance
Lightning Source LLC
Chambersburg PA
CBHW060819250626
47162CB00005B/1868